Fritz-Stefan Valtner

Kommissar a. D. Klaus Schöne

Aktenzeichen 1017
In der Tiefe des Moores

Bibliografische Information der Deutschen Nationalbibliothek

Die Deutsche Nationalbibliothek verzeichnet diese Publikation in der Deutschen Nationalbibliothek; detaillierte Daten sind im Internet unter http://dnb.dnb.de abrufbar.

Herstellung
und Verlag: BoD –
Books an Demand
Norderstedt

ISBN: 978 3749 421503

Printed in Germany

Fritz-Stefan Valtner

Kommissar a. D. Klaus Schöne

Aktenzeichen 1017

In der Tiefe des Moores

Inhaltsverzeichnis

Vorwort

Bevor wir in den neuen Fall einsteigen, möchte ich Ihnen unseren Kommissar a. D. Klaus Schöne etwas näher bringen.

Unser Kommissar Klaus Schöne ist, wie das Kürzel a. D aussagt, außer Dienst gestellt, also in den Ruhestand versetzt worden, da er seine Altersgrenze von 65 Jahren erreicht hatte. Dies war im Jahre 2016.

Über 25 Jahre lang hatte er erfolgreich die Mordkommission Köln geleitet. Davor war er 15 Jahre lang in verschiedenen Bereichen des Dezernates im Einsatz, unter anderem auch in der Spurensicherung und der Betrugsfahndung tätig.
Unser Kommissar wird als ruhiger, besonnener und nachdenklicher Mensch beschrieben, der sich viele Gedanken macht und eine Liebe zum Detail hat.

Sehr oft hat ihm diese Liebe zum Detail zum Erfolg verholfen.

Er hatte schon in frühen Jahren einige außergewöhnliche Fälle lösen können, dank seiner Genauigkeit und seinen manchmal unkonventionellen Methoden.
Nicht umsonst wurde er Leiter der Mordkommission Köln 1.
Leider tat dies seiner Ehe mit seiner Frau Sybille nicht gut. Seine Frau war nach über 20 Jahren Ehe es leid, immer wieder Rücksicht auf seine Fälle zu nehmen.
Nachts aus dem Bett geklingelt zu werden, weil ihr Mann zu einem Tatort gerufen wurde. Nächtelang Observationen durchzuführen, immer dem Täter hinterher.
Sie hatte sich ein ruhigeres Leben an der Seite ihres Mannes vorgestellt, aber die Realität sah leider ganz anders aus.

So trennten sich ihre Wege. Kinder hatten sie nicht.

Jetzt konnte sich der Kommissar, frei von allen Beziehungen noch intensiver seinen Fällen widmen und zahlreiche Erfolge einfahren.

Mitte 2016 war seine Zeit gekommen, um Abschied von seinem geliebten Beruf zu nehmen.

Auf der einen Seite freute er sich endlich seinem Hobby, dem Angeln, nachzugehen, auf der anderen Seite fühlte er eine gewisse Leere, keinen Fall mehr zu bearbeiten. Dabei wusste er, dass sein Dezernat in guten Händen war. Sein langjähriger Mitarbeiter Schulz wurde sein Nachfolger. Trotzdem beschlich ihn eine gewisse Wehmut, nun nicht mehr aktiv im Polizeibereich tätig zu sein.

Nach seiner Freistellung machte er zuerst einen wohlverdienten Urlaub. Dieser führte ihn auf die kleine ostfriesische Insel Baltrum.

Hier stieß er auf einen Zeitungsartikel der seine Neugier weckte.

Ein ungeklärter Fall, der seit 20 Jahren auf seine Auflösung wartete.
Unter dem Aktenzeichen 2609 nahm er, zusammen mit Schulz, die Ermittlungen auf.

Kommissar Schulz übernahm nach Abschluss des Falles die Mordkommission in Oldenburg. Kurze Zeit später, so Anfang Dezember 2016 gab es einen Leichenfund in einer Friedeburger Kiesgrube. Unter dem Aktenzeichen 1510 ging man hier an die Aufklärung, die Schulz bis nach Portugal führte..
Kommissar a. D. Klaus Schöne bekam das Zusatzzeichen „ZBV", was soviel bedeutet:

„Zur besonderen Verfügung"

Damit konnte Kommissar Schulz seinen alten Lehrmeister in schwierigen und heiklen Fällen als Sonderermittler einsetzen.

6

Dies nutzte er gerne bei Fällen, wo die Tat schon einige Jahre zurück lag und es Zeit brauchte, allen bisher bekannten Spuren noch einmal nachzugehen, um den Täter dingfest zu machen.

So konnte sich Kommissar Schöne ohne Zeitdruck diesen alten Fällen widmen.

Zwischenzeitlich hatte er seinen Wohnort von Köln nach Esens, was in Norddeutschland oder besser gesagt in Niedersachsen liegt, verlegt, um näher an seinen geliebten ostfriesischen Inseln zu sein und Oldenburg war ja dann auch nicht so weit entfernt.

Für seine Fahrten legte er sich ein Elektroauto der Marke Nissan zu. Damit konnte er auf leisen Sohlen auf Verbrecherjagd gehen.

Nachdem er sich häuslich in seiner neuen Wohnung eingerichtet hatte, rief ihn Schulz zur Mitarbeit an einem neuen, sehr unheimlichen Fall auf, der unter dem Aktenzeichen 1017 auf seine Aufklärung wartete.

Aktenzeichen 1017

Wir schreiben den 4. Oktober 2017. Es ist 9.30 Uhr. Ein Anruf ging auf dem Mordkommissariat Oldenburg ein und berichtete von den sterblichen Überresten eines Menschen, die man bei den Ausschachtungsarbeiten für die neuen Windkraftanlagen im Herrenmoor gefunden hatte.
Schulz übernahm den Fall und machte sich sofort auf den Weg dorthin.
Gleichzeitig verhängte er einen Baustopp, um alle Spuren sichern zu können.
Mit einem Großaufgebot ging es zum Tatort.

Bei Westerstede ging es von der
Autobahn BAB 28 herunter in
Richtung Zetel. Einige Kilometer vor
Neuenburg, einem Ortsteil von Zetel,
ging es links ab in Richtung Tarbarg.
Hinter dem auf der rechten Seite
liegendem Königssee und dem
Sportplatz ging es links ab zur
Baustelle des Windparks.

Hier entsteht ein kleiner Windpark mit
drei Anlagen.

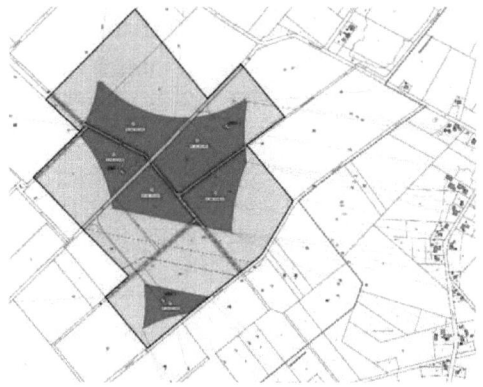

Zwei der Windkraftanlagen erreichen eine Höhe von ca. 163 m und der Dritte eine beachtliche Höhe von 212 m.

Bei den Ausschachtungsarbeiten für den ersten Sockel der Anlage fanden Bauarbeiter die sterblichen Überreste eines Menschen. Der Vorarbeiter ließ die Arbeiten sofort ruhen und rief die Polizei.
Nach kurzer Zeit erschien die Polizei auf dem Baugelände, sicherte den Fundort und informierte die Kripo.
Nach einer Stunde traf Kommissar Schulz und sein Tross an dem Fundort ein. Sofort fing die KTU mit der Spurensicherung an.

Kommissar Schulz nimmt erste Gespräche auf.

Nach einer weiteren Stunde hatte man die ersten wenigen Erkenntnisse.

Es handelte sich hier um die sterblichen Überreste einer jungen Frau, deren Alter man auf zirka 30 bis 35 Jahren schätzte.
Weiter entdeckte man Spuren am Schädel, die auf eine Schlagverletzung hinwiesen.

Der Zustand der Überreste ließen eine längere Verweildauer im Erdreich vermuten. Wahrscheinlich zwei bis drei Jahre. Aber dies müssen erst weitere Untersuchungen ergeben.
Ferner wurden Reste von Kleidungsstücken gefunden. Allerdings keine Schuhe.
Außerdem fand man noch einen silberfarbenen Anhänger an einer Halskette, die mittig zerrissen war.
Der Anhänger war bestückt mit einem kleinen, gelblichen Stein, vermutlich einem Jaspis.

Mehr wurde nicht gefunden, was erste weitere Erkenntnisse bringen würde.

Die sterblichen Überreste wurden sofort in die Gerichtsmedizin nach Oldenburg gebracht, zwecks weiterer Untersuchungen.

Kommissar Schulz gab die Baustelle wieder frei und die Arbeiten gingen vorerst weiter.

Anschließend ging es zurück nach Oldenburg.

Doch schon einen Tag später, am 5.10.2017 ging gegen 15.30 h ein erneuter Anruf ein.

Wieder von der gleichen Baustelle!

Kommissar Schulz und sein Tross machten sich erneut auf den Weg zum Herrenmoor.

Dort angekommen erwartete ihn schon voller Ungeduld der Vorarbeiter, der wieder den Bauzeitplan in Gefahr sah.

Man hatte dort weitere Überreste von einem oder zwei Menschen bei den Ausschachtungsarbeiten für den zweiten Sockel der Windkraftanlage gefunden. Langsam wurde es dem Vorarbeiter mulmig.

Die KTU nahm sofort ihre Arbeit auf.

Nach gut einer Stunde gab es die ersten Feststellungen zu dem neuerlichen Fund.

Man fand die Überreste einer männlichen Leiche, deren erstes Alter auf zirka 35 bis 40 Jahre geschätzt wurde.
Auch hier konnte man eine Verletzung im Schädelbereich feststellen.
Dann fand man die Überreste eines Kindes, Alter etwa 6 bis 7 Jahre. Im Brustbereich wurden scheinbare Stichverletzungen bemerkt.
Ferner fielen zahlreiche unnatürliche Knochenbrüche auf.
Auch hier nimmt man eine dreijährige Liegezeit an.

Sonst gab es keine weiteren Spuren, außer einige wenige Reste von Kleidungsstücken.

Kommissar Schulz fuhr nachdenklich wieder nach Oldenburg zurück.
Da findet man von drei Menschen die sterblichen Überreste und sonst keine Hinweise. Außer das die Drei eines mit Sicherheit nicht natürlichen Todes gestorben sind.

Aber wo und wie sollte er hier ansetzen?

Jetzt hieß es erst einmal abwarten was die Gerichtsmedizin herausfinden kann.

In den nächsten Tagen musste man auf die Ergebnisse der Gerichtsmedizin warten, da die Untersuchungen sich doch als etwas schwierig herausstellten.

Erste Nachforschungen in den Vermisstenanzeigen brachten keine verwertbaren Ansatzpunkte.

Dabei stellte man sich folgende Fragen:

„Gehören die drei aufgefundenen Überreste von Menschen zusammen?"

„Gab es eine Verbindung zwischen den Dreien?"

„War es vielleicht eine Familie?"

„Woher kamen sie?"

„Wurden sie ermordet?"

„Was war der Grund?"

„Weshalb wurden sie gerade hier vergraben?"

„Weshalb fand man keine weiteren Hinweise?"

„Warum lagen sie soweit auseinander?"

„Gab es einen Grund dafür?"

„Warum wurden sie nirgendwo als vermisst gemeldet?"

„Wieso wurden sie gerade hier vergraben?"

Am 12.10.2017 lagen die ersten Erkenntnisse aus der Gerichtsmedizin vor.

Zu den weiblichen Überresten konnte man folgendes bemerken:

Ihr Alter wurde mit ca. 35 Jahre angegeben.

Die Größe betrug ca. 160 cm.

Sie war dunkelhaarig und vermutlich eine Südländerin, eventuell aus Italien oder Spanien.

Nach den ersten Hinweisen war sie schwanger.

Ihre Verletzungen am Schädel rührten von einer Schlageinwirkung her.

Bei der gefundenen Kette handelt es sich um eine Halskette, die gewaltsam zerrissen wurde.

Im Anhänger der Kette sitzt in der Einfassung ein gelblicher Jaspis, der von kleinen Diamantsplittern umgeben ist.

Die Kette besteht aus Weißgold.

Daraus ergibt sich eine weitere Frage:

„Warum hat man sie nicht entfernt, denn daraus könnte man ja die Trägerin ermitteln?

Zu den männlichen Überresten:

Sein Alter wurde mit ca. 40 Jahre angegeben.
Seine Größe betrug 165 cm. Auch hier wird auf einen Südländer getippt.
Die Haarfarbe ist dunkel.
Die Verletzung am Schädel führte vermutlich zum Tode.
Sonst konnte man keine weiteren Auffälligkeiten feststellen.

Zu den Überresten des Kindes:

Sein Alter liegt bei etwa 7 Jahre.
Seine Größe bei 145 cm.
Im Brustbereich fand man zahlreiche Stichverletzungen, die unweigerlich zum Tode geführt hätten.

Jedoch fielen hier zahlreiche unnatürliche Brüche an Armen und Beinen auf, als wenn jemand den Körper mit einem großen Fahrzeug überfahren hätte.

Nach dem Bruchbild der Knochen muss dies ein größeres Fahrzeug gewesen sein, vermutlich ein LKW oder ein Trecker mit relativ breiten Reifen.
Nun, dies waren nicht gerade viele Hinweise. Schulz stellte sich die Frage:

„Wo soll ich hier beginnen, um diesen Fall aufzuklären, wenn es kaum irgendwelche Hinweise gibt?

Zahlreiche Wochen vergingen, ohne das man in dieser Sache weiterkam.

Keiner vermisste sie. Aber wieso können drei Menschen einfach so verschwinden, ohne das sie keiner vermisst?

Wenn dies eine Familie war, muss es doch Spuren geben? Sie müssen doch irgendwo gewohnt haben.

Auch erste Befragungen in Zetel und Umgebung brachten sie keinen entscheidenden Schritt weiter.

So wie es sich hier darstellte, handelte es sich hier um einen dreifachen Mord, der vor gut drei Jahren stattfand.

Vermutlich geschahen die Morde auch zur gleichen Zeit. Aber die Spuren waren mehr als dürftig.

Da im Kommissariat noch zwei weitere Mordfälle anlagen, die auf ihre dringende Aufklärung warteten und hier Eile geboten war, schaltete Schulz seinen „ZBV" Schöne ein.

Kommissar Schöne übernimmt

Wie üblich traf man sich bei einer Tasse Kaffee und ein paar Plätzchen im Kommissariat Oldenburg und ging die ersten Ergebnisse der Ermittlungen durch. Viel hatte man bisher nicht herausfinden können.

Kommissar Schöne zu Schulz:

„Da man bisher noch nichts über die Identität der Toten herausgefunden hatte, sollte man hier zuerst ansetzen.
Also müsste man als erstes versuchen herauszufinden, welche Arbeiten sie ausgeführt haben könnten.
Waren sie vielleicht sogenannte Saisonkräfte?
Der siebenjährige Sohn müsste doch eine Schule besucht haben, während seine Eltern auf irgendeinem Hof gearbeitet haben?

Waren Sie irgendwo gemeldet gewesen?

Ich kann mir nicht vorstellen, dass sie keiner vermisste.

Alles ist hier sehr merkwürdig. Rätselhaft ist auch das Auffinden der Leichen.

Beide Fundstellen lagen ungefähr 100 Meter auseinander. Wenn es eine Familie war und sie wurden zur gleichen Zeit ermordet, wovon wir im Moment ausgehen können, warum lagen sie dann soweit auseinander? Oder hatte der oder die Täter sie zu unterschiedlichen Zeitpunkten ermordet und daher auch an verschiedenen Stellen vergraben?"

„Schulz, versuchen sie einmal etwas über die städtischen Stellen heraus zu bekommen."

„Ich werde mir den Tatort und die Umgebung einmal vornehmen, vielleicht kann ich daraus etwas ableiten, was uns weiter helfen kann."

„Ach, geben sie mir noch ein Foto von dem Schmuckstück mit, den dies ist ja das einzige, was man bisher von den Toten gefunden hatte."

„Morgen werde ich dann in Zetel unterwegs sein.

Sollten sich neue Erkenntnisse ergeben, dann werden wir sie per Mail austauschen.

Über die gefundenen Reste der Kleidung konnte die Gerichtsmedizin bisher nichts herausfinden?"

„Nein," gab Schulz zurück, man konnte rein gar nichts feststellen, um was beziehungsweise welche Art die Kleidungsstücke waren. Aber man wird noch weitere Untersuchungen anstellen."

„Was mich etwas stutzig macht," gab Schöne von sich, sind die „Verletzungen" des Kindes. Warum wurde es gerade so misshandelt?"
„Eine Frage, die mich noch beschäftigen wird."

„Schulz, wir bleiben in Kontakt." „Ich werde nun zurück nach Esens fahren und morgen geht es dann nach Zetel, zum Fundort der Leichen."

Herr Kommissar, ich wünsche ihnen eine gute Heimfahrt und sage mal bis auf später. Für mich geht es mit einem weiteren aktuellen Fall erst einmal weiter," sagte Schulz.

Am nächsten Morgen

Bevor Kommissar Schöne nach Zetel aufbrach, nahm er sich noch die Zeit, um etwas mehr über den Ort Zetel zu erfahren.

Also schaute er ins Internet und fand dort über Zetel folgendes vermerkt:

Die Gemeinde Zetel liegt in Friesland und ist 81 qkm groß und hat knapp 12000 Einwohner.
Im Nordosten grenzt die Gemeinde Zetel bei Idagroden in einem ganz kleinen Streifen an den Jadebusen, eine große Nordsee-Bucht, die durch große Sturmfluten im Mittelalter entstanden ist.

Der ältere Teil Zetels liegt auf einen Geestrücken, auch Esch genannt, der weiter nach Norden hin ins Marschland mündet Die Höhe über Null wird mit 10 m angegeben.
Im Westen und Osten der Gemeinde gibt es größere Waldgebiete.

Der südwestliche Teil wird von Mooren dominiert.

Hier gehört auch das Herrenmoor dazu.

Das Moor erstreckt sich über die Landkreise Friesland und Ammerland und hat eine Größe von 147 qkm, wobei Friesland einen Anteil von knapp 100 qkm besitzt.

Das nördlich von Westerstede und südwestlich von Neuenburg, einem Ortsteil von Zetel, liegende ehemalige Naturschutzgebiet stellt den Hochmoorbereich, die Seehöhe liegt bei 13 bis 15 m, als Teil des sich früher über große und weite Gebiete erstreckenden ostfriesischen Zentralmoore steht es unter Schutz. In den Randbereichen sind Flächen kultiviert worden und werden extensiv landwirtschaftlich genutzt.

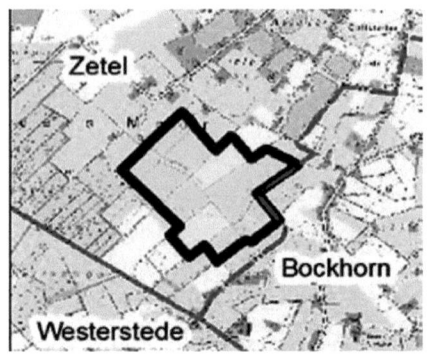

Das Moor wurde über Gräben und Bäken zum Aper Tief, weiter über die Jümme und Leda zur Ems bzw. zum Ellenserdammer Tief, der als Dangaster Tief in den Jadebusen fließt, entwässert.

Im Osten wird Zetel von der Nachbargemeinde Bockhorn, im Norden von Sande, im Westen von Friedeburg und im Süden von Uplengen umgeben.

Die nächsten größeren Städte sind Wilhelmshaven, ca. 20 km entfernt. Oldenburg und Emden sind 40 bzw. 50 km entfernt.

In unmittelbarer Nähe zum Tatort liegen die Ortsteile Astede, Astederfeld und Collstede.

Gegen Mittag fährt Kommissar Schöne raus zum Fundort. Dort angekommen sah er noch einige Leute des Bauunternehmers, die hier die restlichen Arbeiten noch ausführten. Mit ihnen sprach er über die Vorkommnisse auf der Baustelle.

Aber neue Ansätze gab es nicht.

Kommissar Schöne forderte drei Beamte an, die in der näheren Umgebung Befragungen nach der Familie durchführen sollten.

Als die Beamten von ihrer Tour zurückkamen, konnten sie dem Kommissar keine verwertbaren Hinweise geben.

Angeblich kannte keiner diese Familie und vermisst wurde ebenfalls keine.

Im Ortsteil Astede sah der Kommissar ein Schild mit dem Hinweis:

„Ferienwohnung zu vermieten."

Der Kommissar überlegte nicht lange und mietete sich eine Ferienwohnung die gerade frei war, zumal es langsam auf dem Frühling zuging. So konnte er sich als Urlauber getarnt in aller Ruhe umsehen und seine Nachforschungen anstellen.

Er fuhr zurück nach Esens, packte zwei Koffer und fuhr wieder zurück, in sein neues Domizil auf Zeit.
Schnell waren die Sachen ausgepackt, dann fuhr er nach Neuenburg hinein und aß im Urwaldhof, der am Ortsausgang in Richtung Bockhorn lag, zu Abend.

Dabei las er weitere Informationen über den Neuenburger Urwald, dem Urwaldhof und über die Gemeinde Zetel.

Der Neuenburger Urwald ist der Rest eines alten Hudewaldes und ist heute ein Naturschutzgebiet von einer Größe 48,5 ha und liegt in der Friesischen Wehde, welches zwischen den Ortschaften Zetel, Neuenburg und Bockhorn liegt.

In den Kriegsjahren und den Jahren danach wurden große Teile des Naturschutzgebietes durch massiven Brennholzeinschlag geschädigt, was aber durch spätere Aufforstungen wieder ausgeglichen wurde.

Heute ist das Gebiet ein beliebtes Ausflugsgebiet mit zum Teil über 800 Jahren alten Bäumen. Darüber hinaus findet man noch vieles aus Flora und Fauna, was in anderen forstwirtschaftlichen genutzten Wäldern nicht zu finden ist.

Seit 1462 gehört der Wald dem Haus Oldenburg.
1850 wurde der Wald aus der Forstnutzung herausgenommen.

Bereits 1880 erfolgte die Einsetzung als Naturdenkmal.
1938 wurde der Neuenburger Urwald zum Naturschutzgebiet erklärt.

Aber auch die Geschichte des Urwaldhofes ist interessant.

1680 wurde der Hof zum ersten Mal urkundlich erwähnt.

Im Jahre 1804 erfolgte die Übernahme durch die Familie Husmann als Hausstelle.

1823 wurde der Hof und die Scheune in ihrer heutigen Gestalt erbaut. Wenig später kam ein Backhaus hinzu.

1974 wurde der Hof vom heutigen Eigentümer Hein-Jürgen Thalen gekauft und bis 1975 bewirtschaftet.

1983 wurde ein Plan, eine Idee für den mittlerweile denkmalgeschützten Hof verwirklicht, diesen zu einem Restaurationsbetrieb umzubauen.

Seit 2006 betreibt Wolfgang Ostendorf hier im Urwaldhof ein Restaurant und ein Cafè. Bei den zahlreichen Besuchern im Sommer ist der gemütliche Biergarten sehr beliebt.

Über Zetel erfuhr er, dass die erste urkundliche Erwähnung von Zetel erst aus dem Jahre 1423 stammt, damals hieß Zetel noch „von Sethle". Jedoch war das Gemeindegebiet bereits schon lange davor bewohnt.

Hier eine alte Luftbildaufnahme

Das älteste Gebäude des Ortes, die
St.-Martins-Kirche wurde im Jahre
1249 fertiggestellt. Bei den Arbeiten
an der Kirche fand man vor Jahren
Reste einer noch älteren Kapelle.

Zetel wurde bisher im Gegensatz zu
anderen Orten nie selbst von einer
Sturmflut heimgesucht, da der Ort auf
einem ca. 15 m hohen Geestrücken
liegt. So kamen die Wassermassen
nie weiter als bis zum Ortsrand.

Jedoch wurden die weiter nördlich
liegenden Ortsteile in regelmäßigen
Abständen immer wieder verwüstet.

Erst mit einem Deichbau im Jahre 1600 konnten die zahlreichen Überschwemmungen eingedämmt werden.

Eine Besonderheit gibt es auch heute noch, mit der man böse anecken kann:

Wenn man das Oldenburger Friesland und Ostfriesland nicht auseinanderhalten kann! Dann kann man hier schwer anecken!

Vom 30.jährigen Krieg blieb Zetel weitgehend verschont.

Ansonsten verlief die Geschichte bis zum zweiten Weltkrieg relativ ruhig. Aufgrund des Lehmbodens bildete sich hier eine ausgeprägte Klinkerindustrie. Ferner gab es zahlreiche Webereien und Textilfabriken.

Sie verschwanden allerdings in den 80ziger Jahren, aufgrund der starken Konkurrenz aus Fernost.

Der erste Weltkrieg verschonte Zetel weitgehend, während in der Endphase des zweiten Weltkrieges Zetel öfters von Bomben getroffen wurde, da sich einige Kilometer westlich von Zetel Stellungen der Flak, ein Militärflughafen und ein Munitionslager der deutschen Wehrmacht befanden.

Am Ortsausgang von Neuenburg liegt das „Vereenshuus", welches für das kulturelle Zentrum für die Gemeinde steht. Gleichzeitig dient es als Sitz der Niederdeutschen Bühne Neuenburg, die dort jährlich mehrere Theaterstücke auf Plattdeutsch aufführt.

Zudem finden viele andere Veranstaltungen, wie z. B. Kabarett – Abende statt.

Für das Frühjahr 2018 stand das Theaterstück „Koornblomen för den Smuusekater" an. Der Kommissar nahm sich eine Information darüber mit.

Im Bohlenbergerfeld gibt es ein Schulmuseum, welches einen originalgetreuen Klassenraum aus den Anfängen des 20. Jahrhunderts zeigt.

Ferner gibt es noch eine Mühle, die Rutteler Mühle aus dem Jahre 1865, ein sogenannter Galerieholländer, der heute noch kommerziell im Betrieb ist.

Diese Mühle liegt an der Straße in Richtung Friedeburg und ist schon von weitem zu sehen.

An der Mühle ist ein kleines Sägewerk und ein Ausflugscafè angeschlossen. Zudem gibt es auf dem Hof der Mühle eine Sammlung von Miniaturwindmühlen und eine kurze, nachgebaute Feldbahnstrecke zu bewundern.

Ein besonderes Bauwerk in Neuenburg ist das Schloss, welches der Graf Gerd zu Oldenburg im Jahre 1462 erbauen ließ. Bis 1965, beherbergte das Schloss u. a. das Landgericht, eine Ackerschule und eine Landfrauenschule.

Nach der Umwidmung im Jahre 1965 zum Dorfgemeinschaftshaus befindet sich heute dort ein vogelkundliches Museum, die Schlosskapelle der evangelisch – lutherischen Gemeinde.

Ferner der Trausaal der Gemeinde, der zugleich auch der Sitzungssaal des Zeteler Gemeinderates ist.

Nach dem Abendessen machte der Kommissar noch einen kleinen Spaziergang durch Neuenburg, wo er einiges sah, worüber er vorher etwas gelesen hatte.

Wieder zurück zum Auto schicke er Schulz noch eine kurze Nachricht per WhatsApp mit folgendem Inhalt:

„Bitte einen „ausführlichen"   Artikel über die Funde im Herrenmoor in die ortsansässigen Zeitungen bringen.

Ich habe mich in einem Ferienhaus in Astede einquartiert und werde morgen die Gegend abgehen und weitere Befragungen vornehmen.

Mit freundlichen Grüßen Schöne"

Am anderen Morgen

Nach einem ausgiebigen Frühstück und einem herrlichen Sonnentag machte sich der Kommissar auf den Weg. Über Collstede marschierte er nach Astederfeld. Hier machte er sich schon erste Notizen über Betriebe und Höfe.
Bei einer kleinen Pause auf einer Bank am Königssee ging er in das Internet und ließ sich eine Karte von der Gegend aufzeigen, um weitere Objekte abzugehen.
Bevor er aber mit den ersten Befragungen starten wollte, sollte der Zeitungsbericht erscheinen. Vielleicht wurde dadurch jemand nervös. Dies wollte er nutzen.

Zwei Tage später war es soweit. Er konnte mit den ersten Befragungen starten.
Nach den ersten Besuchen auf den Bauernhöfen in der Umgebung stellte der Kommissar eine gewisse Unruhe bei den Leuten fest, als er sie auf die Funde im Herrenmoor ansprach.

Hatten sie etwas zu verbergen?

Trotz zahlreichen Nachfragen bekam auch er keine verwertbaren Hinweise.
Aber der Kommissar blieb erstaunlich ruhig. Zumindest ein Ziel hatte er schon erreicht. Die Leute wurden unruhig und vielleicht will einer sein Wissen weitergeben oder sein Gewissen beruhigen. Er spielte auf Zeit.

Am Abend war er wieder zurück und fuhr nach Neuenburg, um dort zu Abend zu essen. Von Parkplatz in Neuenburg ging er zu Fuß über eine Seitenstraße in Richtung „Urwaldhof".
Auf dem Weg dahin sah er in einer Seitenstraße ein Juwelierladen. Dies brachte ihn auf eine Idee.
An der Tankstelle an der Hauptstraße kaufte er sich ein paar Zeitungen.

Während er auf sein Abendessen wartete, machte er sich die ersten Notizen.

Nach dem Essen las er bei einem Bier in den Zeitungen und fand den Artikel von Schulz.

Er hatte ihn gut geschrieben.

Viel Text, aber wenig über die Ermittlungen gesagt. Dies reichte aus für die erste Verwirrung.
Erst spät machte sich der Kommissar auf den Weg zu seinem Auto. Er ging auch noch einmal an den Juwelierladen vorbei und schaute sich ruhig die Schaufensterauslage an.

Gedankenverloren ging er zu seinem Auto.

Eine erste Spur?

Am anderen Morgen fuhr der Kommissar zu dem Juwelierladen nach Neuenburg.
Der Inhaber war zum Glück anwesend.

Der Kommissar zeigte ihm das Bild von dem Schmuckstück, dass man bei der toten Frau gefunden hatte.
Der Juwelier besah sich lange das Bild und sagte dann zum Kommissar:

„Wissen sie, vor rund vier bis fünf Jahren hatten wir eine Serie von solchen Schmuckstücken im Programm. Wer dies aber gekauft hat, dass kann ich ihnen heute leider nicht mehr sagen."

„Aber erst einmal einen lieben Dank für ihre Bemühungen. Vielleicht haben sie mir schon mit ihrer Information etwas weitergeholfen," sagte der Kommissar und verließ den Laden.

Draußen vor der Tür und im Auto dachte der Kommissar nach:
Also wenn wir davon ausgehen können, dass die Frau das Schmuckstück getragen hat, dann muss sie auch hier irgendwo gewohnt haben.

Vielleicht sogar hier in Neuenburg?

Entweder hat sie die Kette sich selbst gekauft oder sie bekam sie als Geschenk.
Aber warum hat der Täter diese Kette nicht entfernt.? Sie könnte ja eine Spur für ihn darstellen und ihn dadurch verraten?

Oder hat er dies nicht bemerkt, dass sie eine Kette trug? Aber warum war sie dann zerrissen?

Was geschah in dieser Nacht bzw. an diesem Tag?

Starb sie vielleicht nicht dort wo man sie gefunden hatte, sondern irgendwo anders?

Es gab einfach noch zu viele Fragen
die man klären musste.

Wo führen uns die ersten zarten
Hinweise hin?

Was hat sich hier vor rund drei Jahren
abgespielt?

Ein Ehedrama?

Ein Liebesverhältnis?

Oder?

War es vielleicht ein dreifacher Mord
aus niedrigen Beweggründen?

Eine akribische Suche beginnt

Kommissar Schöne fuhr nach Oldenburg um seinen Kollegen Schulz zu treffen.
Bei einer Tasse Kaffee tauschten sie sich aus.
Viele neue Erkenntnisse gab es bisher nicht. Auch die Gerichtsmedizin hatte keine weiteren verwertbaren Hinweise geben können.

„Schulz, wir sollten einen Aufruf in der Regionalzeitung machen. Vielleicht meldet sich jemand, der etwas über das Verschwinden der Toten weiß oder uns einen Tipp geben kann.

Denn ich vermute folgendes nach meinem Besuch im Juwelierladen in Neuenburg.
Da man dort das Schmuckstück erkannt hat, bzw. ein solches vor vier bis fünf Jahren im Programm hatte, vermute ich, dass die Trägerin irgendwo in der Nähe gewohnt haben muss.

Vielleicht sogar alle drei Toten zusammen – als Familie."

Vielleicht hilft uns der Aufruf weiter und wir können weitere Mosaiksteine dieses Falles zusammensetzen.

„Ich bereite den Aufruf vor und gebe ihn an die Zeitung weiter," sagte Schulz.

„Okay, dann warten wir mal ab, was sich daraufhin ereignet," gab Schöne zurück.

Die Toten bekommen ein Gesicht

Zwei Tage nach dem Aufruf in der Zeitung meldete sich ein Mann, der eine Wohnung vermietet hatte – an eine dreiköpfige Familie.

Kommissar Schöne nimmt sofort Kontakt mit dem Vermieter auf.

Sie trafen sich in Astederfeld, einem Ortsteil von Neuenburg. Hier hatte er eine Wohnung an eine dreiköpfige Familie vermietet. Sie wohnte dort vor ca, vier Jahren, dann verschwanden sie regelrecht über Nacht.
Sie waren als Erntehelfer auf verschiedenen Bauernhöfen hier im Umkreis tätig.. Nach der Saison, meist so im Oktober, gingen sie für ca. vier bis fünf Monate nach Italien zurück. Im Frühjahr waren sie wieder da.
Im Sommer des Jahres 2013 waren sie spurlos verschwunden. Keiner wusste warum sie so plötzlich verschwanden.

Ich habe dann noch drei Monate gewartet, bevor ich die Wohnung wieder weiter vermietet habe.
Die wenigen Habseligkeiten habe ich in zwei Umzugskartons noch oben auf dem Speicher stehen."

„Ich wäre ihnen sehr dankbar, wenn sie mir die Kartons vom Speicher holen und mir übergeben könnten," sagte der Kommissar.
„Wir haben vor einigen Tagen im Herrenmoor drei Tote gefunden, die bei den Bauarbeiten zu den neuen Windkraftanlagen gefunden worden sind. Vielleicht gehören diese Sachen den Toten und könnten uns weiterhelfen ihre Identität zu klären, die bis dato völlig unbekannt ist."

Der Vermieter ging auf den Speicher und holte die beiden Kartons herunter. Der Kommissar bedankte sich und packte die Kartons in seinen Wagen.

Dann fragte er den Vermieter noch, wie denn die Familie aussah.

„Nun, was soll ich ihnen sagen:

Die Frau war nicht sehr groß, so um die 160 cm, dunkelhaarig, vielleicht 35 Jahre alt.
Der Mann hatte eine drahtige Statur, normal groß, so ca. 170 groß, dunkelhaarig.
Das Kind ging hier zur Schule und war vielleicht sechs oder sieben Jahre alt.

Wohnhaft waren sie in Italien. Irgendwo im Norden.

Sie haben hier für verschiedene Bauern gearbeitet und ihre Miete haben sie immer pünktlich bezahlt.
Ansonsten waren sie sehr ruhige und angenehme Mieter.
„Können sie mir vielleicht noch den Namen der Familie nennen."

„Mein Gott, wie hießen die noch?" „Ich glaube, sie trugen den Namen Castello oder so ähnlich."

Mehr kann ich ihnen nicht sagen, sonst müsste ich mir die alten Unterlagen heraussuchen."

„Danke, dass sie sich gemeldet haben, vielleicht konnten sie uns weiterhelfen, die Identität der Toten zu klären."

Man verabschiedete sich und der Kommissar fuhr in sein Ferienhaus zurück.

Hier durchforstete er gründlich die beiden Umzugskartons.

Weitere Erkenntnisse

Bei der Durchforstung der wenigen Habseligkeiten fand der Kommissar folgende Sachen:

In dem ersten Umzugskarton fand er von der Frau:
2 Kleider
2 Blusen
2 Pullover
und Unterwäsche

von dem Mann
2 Hosen
2 Hemden
2 Pullover
ebenso Unterwäsche

sowie je einen Satz von Arbeitskleidung und je zwei Paar Schuhe.

Sowie je einen Satz Bettwäsche.

Dann fand er von dem Kind folgende Sachen:

je 3 lange und kurze Hosen
4 T-Shirts und 2 Hemden
3 Pullover und einen Mantel
3 Paar Schuhe, sowie die Unterwäsche.

Alles war sehr gepflegt.

In dem zweiten Karton fand er dann noch folgendes:

1 Bild, was vermutlich die Familie zeigte
1 Bibel, 2 kath. Messbücher
2 Bücher über die Landwirtschaft und ihre Anbaumöglichkeiten
1 Deutschbuch
1 Buch der Mathematik
1 Buch der Erdkunde
4 Schulhefte des Kindes
dann noch Geschirr und Tassen.

Ganz unten im Karton gab es noch ein kleines Heft mit zahlreichen Eintragungen, vermutlich von dem Mann.

Dazu gab es noch einen Wecker und zwei Kulturtaschen mit einer Bürste und einer Zahnbürste darin und verschiedene Seifen.

Kommissar Schöne sagte zu sich:

„Damit könnten wir schon ein kleines Bild von der Familie zeichnen.

Besonders die beiden Kulturtaschen waren für die weitere Analyse wichtig, ebenso das kleine Heft, welches interessante Aufzeichnungen beinhaltete, sowie ein Schulbuch, was einen Stempel trug. Über den ließe sich vielleicht einiges mehr erfahren.

Über den Stempel in dem Buch forschte der Kommissar im Internet nach und er fand die Schule, die sich fast im Zentrum von Neuenburg befand, die der Junge vermutlich besuchte .

Durchgangsstraße durch Neuenburg
in Richtung Westerstede. Hinter der
Kurve geht es links ab zur Schule.

Die wollte er am nächsten Morgen
einmal aufsuchen.

Ferner war das Familienfoto für ihn
ganz aufschlussreich, zumal auf der
Rückseite der Fotografie, nachdem er
das Bild aus dem Rahmen
herausgeholt hatte, einen Stempel
fand, von einem Fotostudio in Brixen,
Südtirol!

Sollte die Familie vielleicht von dort
herkommen?

Diesem Hinweis sollte man unbedingt nachgehen.

Noch aufschlussreicher aber war das kleine Heft mit den Notizen des Mannes. Leider war alles auf italienisch geschrieben worden. Aber dennoch konnte der Kommissar einiges entziffern und notierte sich einige Namen, die er dort vermerkt fand, in seinem Tablet.

Am nächsten Morgen

Der Kommissar machte sich auf den Weg nach Neuenburg und suchte die Schule auf, die er im Internet gefunden hatte, Sie trug den Namen der Autourin von „Pipi Langstrumpf".

Er meldete sich im Sekretariat an. Eine Mitarbeiterin nahm ihn freundlich in Empfang. Der Kommissar trug ihr sein Anliegen vor.
Da man ungefähr das Jahr wusste schaute man in die entsprechende Jahrgangsbücher hinein.

In dem Jahrgangsbuch von 2013 fand man einen Jungen mit dem Namen Antonio Castello. Er tauchte später nicht mehr auf. Auf einem Gruppenbild konnte man ihn ausfindig machen. Er sah auf dem Familienfoto genauso aus wie auf diesem Gruppenfoto.

Also war dies schon der erste wichtige Hinweis?

Der Kommissar dankte der Mitarbeiterin in dem Sekretariat, machte noch schnell ein paar Fotos von den Unterlagen, die man gefunden hatte und machte sich dann auf dem Weg nach Oldenburg.

Die beiden Kommissare Schulz und Schöne

In Oldenburg angekommen nahmen sich die beiden Kommissare Zeit, um die neuen Fakten in diesem Fall zu erörtern. Dabei durften natürlich der Kaffee und die Plätzchen nicht fehlen.

Jetzt hatte man erste Hinweise über die Toten.

Scheinbar war dies eine Familie, wobei die Eltern als Saisonarbeiter hier gearbeitet haben und der Sohn in Neuenburg zur Schule ging.
Nur konnte sich kein Bauer an die Saisonmitarbeiter erinnern, was Kommissar Schöne doch sehr merkwürdig vorkam.

Gleichzeitig hatte der Kommissar die beiden Kulturtaschen für eine DNA – Analyse mitgebracht. Sie wurden sofort weitergeleitet.

Interessanter war aber das kleine Heft.

Auch wenn die Vermerke auf italienisch geschrieben waren, konnte man einige Namen erkennen. Man verglich sie mit den bisherigen Erkenntnissen und Befragungen. Komisch, dass man hier zahlreiche Namen wiederfand, die man schon einmal befragt hatte, aber angeblich kannte keiner die Familie. Dabei haben vermutlich beide für diese Bauern auf ihren Höfen gearbeitet.

Merkwürdig! Sehr merkwürdig!

Die weiteren Untersuchungen brachten keine weiteren neuen Erkenntnisse, gab Schulz zum Besten.

„Wie sollen wir hier weiter verfahren," fragte Schulz seinen Kommissar?

„Nun, gab Kommissar Schöne zurück, wir sollten versuchen mehr über diese Familie zu erfahren."

Wo kamen sie her?

Wo arbeiteten sie?

Ich glaube, ich werde mal Kontakt mit der Dienststelle in Brixen aufnehmen und dort vor Ort weitere Informationen über die Familie.einholen.

Mal sehen, wie weit ich dort komme.

Normalerweise würde ich ja sie schicken, aber da sie doch sehr eingespannt sind mit den beiden anderen Mordfällen, fahre ich vielleicht doch lieber selber dort hin."

„Da wäre ich ihnen sehr dankbar, denn im Moment habe ich alle Hände voll zu tun, um die beiden Fälle aufzuklären.

Obwohl ich gerne nach... wo sollte es nochmal hingehen?"

„Nach Brixen in Südtirol," gab Schöne zurück.

„Da wäre ich gerne mal hingefahren, besonders jetzt im Frühjahr, wo alles anfängt zu blühen."

„Aber im Moment hält mich die Arbeit hier einfach fest."

„Ich weiß Schulz, so bisschen Luftveränderung tut uns allen einmal gut." „Aber alles kann man nicht haben."

„Aber einen Gefallen sollten sie mir tun, mein lieber Schulz."

„Welchen?"

„Lassen sie einen guten Ermittler, während ich nach Brixen fahre, diese Leute, auf dieser Liste, noch einmal nach der Familie Castello befragen. Er soll ruhig hartnäckig nachfragen, ruhig erwähnen, dass man Hinweise hat, dass diese Familie als Saisonarbeiter hier im Raum gearbeitet hat. Er soll ferner jeden Hinweis und jede Mimik festhalten und mir dann die Ergebnisse, wenn ich wieder zurück bin, mitteilen. Vielleicht wäre auch ein Hinweis mit dem Finanzamt nicht schlecht."

„Ich werde Herrn Peters diese Aufgabe übergeben, er ist in dieser Beziehung sehr erfahren und gewissenhaft."

„Okay, das machen wir."

„Wenn ich wieder zurück bin, gehen wir das weitere Vorgehen durch."

„Wann wollen sie fahren?"

„Ich denke, ich werde übermorgen fahren und zum Ende der Woche wieder zurück sein."

„Dann wünsche ich ihnen eine schöne und erfolgreiche Fahrt."

„Womit fahren sie?"

„Ich nehme den Zug, dies ist entspannter und dann habe ich auch noch etwas Zeit, noch einmal alle Unterlagen, die wir bis jetzt zusammengetragen haben, durchzusehen."

„Die Kollegen in Brixen habe ich schon informiert, dass sie kommen. Wenn sie wissen mit welchen Zug sie in Brixen ankommen werden, geben sie mir dies kurz durch. Ich informiere dann die italienischen Kollegen, damit sie vom Bahnhof abgeholt werden können."

„Danke, Schulz!"

„Bis in einer Woche."

Schöne ließ sich noch einmal alle bisherigen Unterlagen geben und übertrug sie auf sein Tablet.

Dann verabschiedete er sich von Schulz und den Mitarbeitern im Kommissariat und machte sich auf den Weg nach Esens, um seinen Koffer zu packen und die passende Reiseverbindung zu suchen.

Fahrt nach Brixen

Zu Hause in Esens angekommen, setzte sich der Kommissar an den PC und buchte seine Reise bei der Bahn. Danach packte er in aller Ruhe und ohne Hektik seinen Koffer und machte sich sein Abendbrot fertig.

Am Abend schaute er sich noch einen englischen Krimi, Inspektor Barneby, im Fernsehen an. Danach ging er ins Bett.
Am nächsten Morgen, es war der 3. April des Jahres 2018, hatte er noch etwas Zeit, da sein Zug erst um 9.00 in Esens abfuhr.

Um 9.00 h ging es dann von Esens mit der Nordwestbahn nach Sande, hier musste er noch einmal umsteigen, bevor es weiter nach Oldenburg ging. Dort nahm er den ICE nach München.
Die Fahrt ging ohne Probleme und er kam um 17.34 h in München an. Von dort aus ging es mit dem EC weiter nach Innsbruck.

Hier stand ein weiteres Umsteigen an.

Von dort nahm er die S-Bahn nach Brennero/Brenner. Dort angekommen musste er noch einmal umsteigen in einem Regionalzug, der nach Brixen fuhr.

Gegen 21.54 h hatte man den Bahnhof Brixen erreicht.

Dort angekommen wurde er schon von den italienischen Kollegen erwartet. Die Begrüßung war überschwänglich. Obwohl es schon recht spät war, fuhr man noch ins dortige Kommissariat. Dort gab der Kommissar seine bisherigen Ermittlungen bekannt. Man begann sofort mit den ersten Nachforschungen.
In der Zwischenzeit gab es für den Kommissar eine leckere Pizza und einen vorzüglichen Tiroler Rotwein. Der Kommissar genoss dieses Mahl nach der langen Bahnfahrt sichtlich.

Danach brachte man den Kommissar in ein sehr gutes, naheliegendes Hotel und vereinbarte, dass man sich gegen 10 Uhr im Hotel treffen wollte.

Am anderen Morgen in Brixen

Nach einem ausgiebigen Frühstück
mit dem dortigen Kommissario Saluto
ging man die Sache mit dem Todesfall
der dreiköpfigen Familie aus Brixen
an.
In der Zwischenzeit hatte man
herausbekommen, dass die Familie
Castello, wie sie auch mit dem
richtigen Namen hieß, in einem Ort,
Namens Elvas, am Ortsrand wohnten.
Dort wollte man heute morgen noch
hinfahren. Gleichzeitig hatte sich der
Kommissario Saluto das kleine Heft
angesehen und es übersetzen lassen
und gab dem Kommissar Schöne die
Übersetzung und das Heft zurück.

Nachdem man gefrühstückt hatte
fuhren die Kommissare los.
Dabei erzählte der Kommissario dem
Kommissar etwas wissenswertes über
Brixen.

Brixen gehört zu Italien und zu der
Region Trentino und der Provinz
Bozen, welche zu Südtirol gehören.

Man spricht hier zweisprachig,
deutsch und italienisch, was sich auch
den den zahlreichen Schildern und
Hinweisen zeigt.
Brixen hat ca. knapp 22.000
Einwohner, wovon rund 70 % deutsch
sind, rund 26 % italienisch und eine
Minderheit von 2 % ladinisch.

Wir haben hier einen
Höhenunterschied von 550 bis 2600
m!

Brixen liegt etwas 40 Kilometer nördlich von Bozen und rund 45 Km südlich des Brennerpasses am Zusammenfluss der beiden Flüssen von Eisack und Rienz, eingebettet in einer weiten Talmulde.

Zur Geschichte von Brixen kann man folgendes sagen:

Im Talkessel von Brixen wurden verschiedene prähistorische Siedlungen nachgewiesen.

Die erste Erwähnung einer Siedlung stammt aus dem Jahre 828 unter dem Namen „Pressena". Urkundlich sicher gilt die Erwähnung von 901.

Unter dem Namen Meierhof „Prihana" in einer Schenkungsurkunde des Karolingers Ludwig IV an den Bischof von Säben.
Über Jahrhunderte war Brixen ein einflussreicher Sitz von Fürstbischöfen, die von 1027 bis 1803 auch deutsche Reichsfürsten waren.

1080 fand in Brixen ein Konzil statt, hier wurde der Wilbert von Ravenna als Clemens der III zum Papst gewählt. Weitere Kirchengeschichtlich bedeutsame Personen wurden, Bischof Poppo, der 1048 zum Papst gewählt wurde, als Damasus der II.
Oder Nikolaus von Kues und Georg Golser.
Heute teilt sich Brixen mit Bozen den Bischofssitz.

1174, 1234, und 1445 wurde Brixen durch Feuersbrünste verheert. Im Jahre 1512 wurde die Stadt von den Franzosen unter Gaston de Foix erobert.
1525 litt sie unter dem Bauernkrieg. 1802 fiel Brixen an Österreich, dann 1805 an Bayern, neun Jahre später wieder an Österreich und 105 Jahre später mit Südtirol an Italien.

Was gibt es sonst noch in Brixen?

In der historischen Altstadt befindet sich der Brixner Dom mit dem Domkreuzgang, die Frauenkirche und der Johanneskapelle, dann die Hofburg, das Priesterseminar, die beiden Laubengassen, das Mutterhaus der Brixner Tertiarschwestern, das Klarissenkloster, das Kapuzinerkloster, die Pfarrkirche St. Michael sowie die evangelische Kirche St. Gotthard und St. Erhard.

Große Teile des Stadtkerns von Brixen sind denkmalgeschützt!
Brixen ist nach Bozen der zweitgrößte Wirtschaftsstandort.

Eine Besonderheit hat das Verlagshaus A. Weger, welche früher , um 1555 erstmals als „Fürstbischöfliche Hofbuchdruckerei" erwähnt wird und aus dieser Zeit noch im Besitz einer hölzernen Druckerpresse ist.

Alles in allem eine sehr interessante Stadt.

Aber auch die Fahrt nach Elvas war ein Erlebnis. Rechts und links wuchsen die Berge in die Höhe. Es gab viel zu sehen.

Nach einer halben Stunde Fahrt war man in Elvas angekommen.

Dort suchte man die Familie auf. Sie wohnte in einem kleinen, aber gepflegtem Haus. Ein Anbau an dem Haus sah so aus, als wenn keiner mehr dort wohnte.

Hier lag alles still und ruhig da.

In Elvas

Die beiden Kommissare parkten ihren Wagen im Hof des kleinen Anwesens. Langsam stiegen sie aus. An einem Fenster bemerkten sie, dass sie beobachtet werden.
Sie gingen auf die Eingangstüre zu und schellten. Nur zögerlich ging die Türe auf. Eine ältere Frau öffnete die Türe und schaute die beiden Kommissare misstrauisch an. Sie stellten sich vor und wurden von ihr herein gebeten.

Die alte Frau bot den beiden Kommissare etwas zu trinken an. Beide nahmen dankbar an.

Kommissario Saluto fing an und fragte die alte Frau nach dem Namen Castello. Sie wurde hellhörig.

„Was wissen sie von den Castello`s ?"

Der Kommissario Saluto erzählte ihr, während sie sich hinsetzte, dass der deutsche Kommissar Schöne in dem Fall „Castello" ermittelt und gerne mehr über die Castello`s wissen wollte.

Sie schaute zu Schöne hinüber und fragte ihn:

„Was wollen sie wissen und warum, Herr Kommissar?"

„Nun, liebe Frau wir suchen nach Hinweisen von der dreiköpfigen Familie Castello. Ich wäre froh, wenn sie mir etwas über die Castello`s erzählen können."

„Nun, was kann ich ihnen erzählen?"

Wir vermissen sie schon seit etwa drei Jahren. Sie kamen immer im Winter hier nach Elvas und kümmerten sich um das Haus. Im Frühjahr gingen beide nach Deutschland, um dort als sogenannte Saisonkräfte zu arbeiten.

Das Geld was sie verdienten schickten sie nach hier.
Aber plötzlich haben wir nichts mehr von ihnen gehört. Auch die Nachforschungen durch die hiesige Polizei blieben ohne Erfolg. Wir machen uns viele Sorgen um die Familie, vor allem um den Sohn, der unser Enkel ist. Wissen sie etwas über den Verbleib von der Familie?"

„Haben sie ein Foto von der Familie?"

„Ja, ich habe hier ein Familienfoto auf der Anrichte stehen." Sie stand auf und holte es.
Der Kommissar staunte nicht schlecht. Es war die gleiche Aufnahme, die er auch hatte. Er schaute sich die Rückseite des Bildes an. Auch hier der gleiche Stempel von dem Fotostudio.

Er zeigte ihr sein Foto.

Sie nahm das Foto und schaute den Kommissar mit traurigen Augen an.
Mit zitternden Händen gab sie ihm das Foto zurück.

Fragend schaute sie ihn an.

Der Kommissar nahm sie in seine Arme und erklärte ihr den Sachverhalt.

„Ich muss ihnen eine sehr traurige Mitteilung machen und deswegen bin ich auch hier.

Mittlerweile kam auch ein älterer Herr in die Stube herein und stellte sich vor. Er war der Ehemann der alten Frau. Er setzte sich zu seiner Frau auf dem Sofa. Auch die beiden Kommissare stellten sich noch einmal vor.

Dann fing der Kommissar Schöne noch einmal an zu erklären, weshalb sie hier sind..

Wir sind hier, um einen dreifachen Mord aufzuklären, der in Deutschland geschehen ist.

Beide schauten den Kommissar ungläubig an, aber er fuhr fort.

Wir haben bei einer Baumaßnahme, wo in einer Gemeinde eine kleine Windkraftanlage gebaut werden sollte, in Norden von Niedersachsen, nahe des Jadebusens, in einer ländlichen Gegend, die sterblichen Überreste von drei Personen gefunden, die eines gewaltsamen Todes gestorben sind. Alle bisher gesammelten Hinweise deuten auf die Familie Castello hin.

Wir haben im Gebiet eines Hochmoores die Überreste einer männlichen Person , sowie einer Frau bei Bauarbeiten gefunden und die eines Kindes.

Jetzt müssen wir weitere Hinweise finden, um ganz sicher zu sein, dass die Überreste zu der Familie Castello gehören. Dazu brauche ich irgendwelche Sachen, die die Familie benutzt hat. Gibt es die noch?

„Ja, im Anbau, wo die Familie gewohnt hat, ist alles so geblieben, wie sie sie verlassen haben."

„Dürfen wir uns dort mal umsehen?"

„Ja, kein Problem, sagte der alte Mann, kommen Sie, ich zeige ihnen den Weg, während seine Frau mit Tränen in den Augen, in sich versunken, auf dem Sofa saß.
Kommissar Saluto blieb bei ihr, während Schöne dem alten Mann folgte.

Im Anbau angekommen schaute sich der Kommissar in aller Ruhe um. Es sah so aus, als wäre die Familie erst gestern fortgegangen.
Im Bad fand der Kommissar entsprechende Dinge, die er für eine erste Analyse gebrauchen konnte.

In einem Regal fand er einen Ordner mit einigen Papieren drin. Sie waren für ihn hoch interessant. Er machte sich davon einige Aufnahmen und bat den alten Herrn um diese Unterlagen, damit sie bei der örtlichen polizeilichen Dienststelle verwahrt werden. Er war damit einverstanden.

Auch in den Schränken schaute der Kommissar nach, machte hier und da Fotos und speicherte sie auf seinem Tablet.

Zwischendurch rief Schulz an, um dem Kommissar mitzuteilen, dass weitere Untersuchungen ergeben hatten, dass die Frau schwanger gewesen sei. Weitere DNA – Vergleiche ergaben aber keine Übereinstimmung mit dem Mann.
Also musste sie von jemanden anderem schwanger sein!

Aber vom wem?

Nachdem sie jeden Winkel des Anbaues durchgekämmt hatten gingen sie wieder zurück ins Haupthaus, wo die Eltern lebten.

Kommissario Saluto schaute Schöne fragend an.

„Was haben sie noch gefunden?"

Ein paar Sachen für eine DNA – Analyse und einen Ordner mit nicht ganz uninteressanten Aufzeichnungen. Diesen Ordner sollten sie unter Verschluss nehmen, denn er könnte noch eine entscheidende Rolle spielen. Die wichtigsten Unterlagen habe ich schon auf meinen Tablet gebannt."

„Okay," gab Saluto zurück.

Schöne ging noch einmal auf die alte Dame zu und fragte sie:
„Wussten sie von einer Schwangerschaft ihrer Tochter?"

„Nein, nein," gab die alte Dame zurück, „davon weiß ich nichts." Wenn sie es wusste, dann hätte sie es mir ja bestimmt gesagt."

„Ich glaube, dies wäre für`s Erste genug."

„Danke ihnen beide für ihre Hilfe und die Überlassung von den Gegenständen," sagte Kommissar Schöne.

Der alte Mann hatte noch eine Frage:

„Wissen sie schon, wann wir die sterblichen Überreste der Familie überführt bekommen, damit wir sie hier in ihrer Heimat zur letzten Ruhe betten können?"
„Nun," sagte der Kommissar Schöne, „wenn wir den Fall geklärt haben, werde ich sie sofort benachrichtigen und alle notwendigen Formalitäten einleiten, damit sie die Familie hier in ihrer Heimat bestatten können."

„Das verspreche ich ihnen."

„Danke, Herr Kommissar."

Dann fuhren die beiden Kommissare wieder zurück ins Kommissariat nach Brixen.

Als sie wieder im Amt zurück waren, besprachen sie die bisherigen Ergebnisse die sie hier feststellen konnten.

Nach den bisherigen Erkenntnissen hatte man jetzt der Familie ein Gesicht geben können.

Der Mann hieß:

Adrijano Castello, geboren in Elvas am: 10.04.1972. Zum Todeszeitpunkt war er 42 Jahre alt.
Er war 165 cm groß, dunkelhaarig und arbeitete als Saisonkraft in Deutschland, überwiegend in Norddeutschland.
Er war verheiratet, seit 2004, mit Arrabella Castello, geb. Lucilla, geboren am 01.09.1976 und sie war zum Todeszeitpunkt ca. 38 Jahre alt.
Sie war 160 cm groß und ebenfalls dunkelhaarig.

Sie arbeitete ebenfalls mit ihrem Mann zusammen als Saisonkraft in Deutschland.

Ihr gemeinsamer Sohn, Antonio, geboren am 27.06.2007 in Niedersachsen war demnach zum Tatzeitpunkt gerade mal sieben Jahre alt.

Er besuchte die Schule in Neuenburg, welche zu der Gemeinde Zetel gehört.

Weiter ergaben sich aus den Unterlagen, dass sie schon kurz nach ihrer Hochzeit im Jahre 2004 im Frühjahr nach Deutschland gingen und für verschiedene landwirtschaftliche Betriebe, als sogenannte Saisonarbeiter tätig waren.

Ihre Stationen waren Cloppenburg, Wittmund, Emden, Uplengen und dann seit 2010 waren sie im Raum Zetel bei verschiedenen landwirtschaftlichen Betrieben im Arbeitseinsatz.

2014 waren sie bei drei Betrieben im Raum Astederfeld, Grabstede und Neuenburg tätig, dies ging aus den Aufzeichnungen von Andrijano Castello hervor, die man im Anbau gefunden hatte.

Seltsam war nur, dass keiner sie hier kennen wollte.

Da sollte man noch einmal nachhaken.

Dann ist da noch die Schwangerschaft der Frau abzuklären!

Von wem ist sie schwanger geworden?

Oder ist sie gar vergewaltigt worden und musste deshalb sterben?

Aber warum dann auch der Mann und den Sohn? Wieso weist der Sohn so schwere Verletzungen auf? Was ist mit ihm passiert?

Fragen, auf die es noch keine Antworten gab und geklärt werden mussten.

Kommissar Schöne wollte noch einen Tag dazu nutzen, um sich noch ein paar Bauwerke anzuschauen, bevor er wieder zurückfahren wollte.

Zusammen mit Kommissario Saluto schauten sie sich den Dom zu Brixen an, den Domkreuzweg, die Hofburg und Kapuzinerkloster.

Bei bestem Frühlingswetter mit schon sehr warmen Temperaturen von fast 20 Grad machte es Spaß durch die Bauwerke zu schlendern und hier und da einzukehren.

Dabei lernte Schöne eine ganze Menge auch über die Geschichte von Brixen, die ja recht wechselhaft war.

So erlebten die beiden Kommissare einen für sie beide sehr anregenden Tag mit vielen interessanten Eindrücken.

Einbruch in Elvas

Gegen 8 Uhr wurde der Kommissar von seinem Kollegen im Hotel abgeholt und zur Bahn gebracht. Die Abfahrt war gegen 8.45 h geplant.
Man versprach sich auf dem Laufenden zu halten und dem Mörder zu finden und einer gerechten Strafe zuzuführen.

Um 8.45 h fuhr der Zug pünktlich ab.
Kommissario Saluto winkte Schöne noch lange nach.

Der Zug hatte gerade den Brenner erreicht, wo Schöne umsteigen musste, als er von zwei Polizisten angehalten und nach draußen geleitet wurde.
Etwas verdutzt ging der Kommissar mit. Auf dem Weg zu einem mit Blaulicht bereit stehenden Wagen erklärten die Beamten ihm, dass er schnellstens nach Brixen bzw. nach Elvas zurückkommen sollte, da dort etwas Schreckliches passiert sei.

Mit hohen Tempo und Blaulicht ging es dann nach Elvas.

Der Wagen hielt in Elvas vor dem Haus der Castello`s. Ein großes Aufgebot an Polizei und Rettungskräften war schon vor Ort. Auch Kommissario Saluto war mit seinen Mitarbeitern am Tatort.
Sofort nahm er Schöne in Empfang und sagte zu ihm:

„Das man sich so schnell wiedersehen würde, hätte er heute Morgen noch nicht gedacht. Aber was hier heute Nacht geschehen ist, sollte er sich ansehen.

Beide gingen in das Haus hinein.

In dem Haus war alles durchwühlt worden. In der Küche fand man die alte Frau ermordet vor – mit einem Küchenmesser in der Brust. Dann ging man zu dem Anbau hinüber. Auch hier war alles durchwühlt worden. Kein Teil war dort geblieben wo es noch vor zwei Tagen stand bzw. lag.

In dem Schlafzimmer fand man dann auch den alten Mann, der in einer großen Blutlache auf dem Bett lag und zahlreiche Messereinstiche in seinem Körper aufwies.

Schöne konnte nur noch entsetzt mit dem Kopf schütteln.

„Was sollte dies bloß für einen Sinn haben, diese beiden alten Menschen so zu töten und warum wohl?

Langsam ging der Kommissar durch die beiden Tatorte und schaute sich jedes Detail an und nahm es auf.

Auf dem Weg zum Anbau fand er Fußspuren, einmal von dem alten Mann und einmal ein unbekannter Abdruck, den er auch auf einem der Dielenbretter wiederfand.

Selbst die Dielenbretter in einem Nebenraum waren aus dem Boden gerissen worden. Wer oder was hatte man hier gesucht?

Es muss ja etwas sehr Wichtiges gewesen sein, sonst hätte man ja nicht versucht den Dielenboden zu zerstören.

Draußen fand man Reifenspuren, die man sichern konnte.

Aber sonst gab es bis dato keine weiteren Hinweise.

Die beiden Spuren, die der Schuhe und der Reifen, nahm Schöne mit nach Oldenburg.

Die beiden Kommissare konnten es einfach nicht fassen, warum hier zwei Menschen getötet worden sind und ein Grund ist bisher nicht ersichtlich.

Was suchte der Täter?

Geld?

Das hatten die beiden alten Menschen nicht!

Aber warum wurden beide Räumlichkeiten wie wild durchsucht?

Was und wonach wurde gesucht?

War hier nur ein Täter an der Tat beteiligt?

Nach der ersten Spurensicherung sah es zumindest danach aus.

Nach zwei Stunden verließ der Kommissar den Tatort wieder und wurde per Blaulicht wieder zum Brenner gefahren, wo er mit dem nächsten Zug seine Rückfahrt fortsetzen konnte.

Erst gegen Mitternacht war der Kommissar Schöne wieder zuhause.

Noch von unterwegs rief er Schulz an und gab ihm die bisherigen Ergebnisse durch und man verabredete sich für den nächsten Tag gegen 11.00 h in Oldenburg.

In Oldenburg

Gegen 11.00 h kamen die beiden Kommissare Schulz und Schöne zusammen und besprachen die Ergebnisse und Ereignisse in Brixen.

Soweit hatte man jetzt der Familie ein Gesicht geben können, aber groß weiter ist man nicht gekommen.
Sein Mitarbeiter, Herr Peters, hatte wie ausgemacht, die Befragungen durchgeführt, aber keiner wollte die Familie kennen beziehungsweise sich an sie erinnern.

Es ist komisch, in Elvas haben wir einen Ordner gefunden mit Namen von drei Betrieben im Umkreis von Astederfeld, wo auch die letzten Eintragungen von Adrijano Castello, so hieß der Mann, vermerkt wurden und dennoch will keiner die Familie gekannt haben? Merkwürdig!

Schulz rief Herrn Peters zu sich.

„Herr Peters, erzählen sie Herrn Schöne doch einmal von ihren Ermittlungen."

„Nun, Herr Schöne, wie gesagt habe ich zahlreiche Befragungen in und um Neuenburg gemacht, aber keiner wollte die Familie Castello gekannt haben."

„Haben sie auch bei den drei Betrieben nachgefragt, die hier auf diesem Zettel stehen."

Peters schaute sich den Zettel an , holte seinen Notizblock hervor und blätterte darin herum. Dann hielt er inne.

„Ja, hier sind die drei Namen, bei allen drei habe ich ebenfalls nachgefragt, aber keiner kannte angeblich diese Leute. Bei dem einen Hof, der der größte von den dreien ist, stieß ich auf sehr wenig Gegenliebe und man kam mir schon mit der „Mistforke" entgegen.

Da zog ich vor die Befragungen lieber abzubrechen, bevor das Gespräch eskalierte.

Später fragte ich in der Polizeistation in Zetel nach, ob man hier etwas von Bewohnern des Hofes vorliegen hätte?

„Bingo!"

„In den Unterlagen stand drin, dass es immer wieder Schwierigkeiten mit einem der Bewohner des Hofes gab, dem Junior. Er war schon mehrfach wegen Beleidigungen, Schlägereien, rassistischen Äußerungen straffällig geworden, aber immer nur zu einer Geldstrafe verurteilt worden. Scheint einen sehr guten Anwalt zu haben."

„Wissen sie noch, welche Fahrzeuge sie auf dem Hof gesehen haben, bei ihrem Besuch dort?"

„Einen Moment, da muss ich noch einmal kurz darüber nachdenken."
Auf dem Hof habe ich einen etwas älteren Mercedes 200er Diesel gesehen. In einer Halle standen zwei große Trecker mit zahlreichen Anhängern und Gerätschaften.

In einer Ecke, zwischen der Halle und dem Stall, wo Kühe drin standen, stand draußen noch ein Geländewagen." „Ich glaube, es müsste ein Land Rover gewesen sein. Aber ganz sicher bin ich mir nicht."

„Gut, ich danke ihnen für ihre Ausführungen, sie waren mir schon sehr hilfreich."

„Wieso," fragte Schulz nach.

„Nun, mein lieber Schulz, dass wissen sie ja noch nicht:

Bei der Durchsuchung des Anbaues von der Familie Castello fanden wir auch einige Aufzeichnung des Mannes wo er gearbeitet hat, zu welcher Zeit und wie viel er verdient hatte.

Dabei tauchte auch dieser Name auf.

Was mir aber noch ein Rätsel aufgibt, ist der Einbruch und die beiden Morde an den alten Leuten in Elvas.

Hier muss doch einer etwas gesucht haben, was für ihn belastend sein könnte, wenn er selbst sogar den Dielenboden dafür aufgerissen hat.
Nach den Untersuchungen meiner italienischen Kollegen war hier nur ein Täter am Werke.

Am Tatort in Elvas wurden Spuren eines Schuhes und die eines Reifen gefunden. Beide habe ich hier mitgebracht.
Als mir eben Herr Peters von dem Land Rover erzählte, wurde ich hellhörig, denn das Reifenprofil, was man dort gefunden hatte, ist sehr grobstollig!"

Vielleicht können die Untersuchungen der beiden Spuren weitere Informationen geben. Lassen sie sie untersuchen und geben mir das Ergebnis bekannt.

„Schulz, wie lange braucht man von hier nach Brixen, was schätzen sie?"

„Mmmh, von hier nach Brixen?"

„Also, wenn man gut durchkommt, dann braucht man von hier bis nach München gute sechs Stunden, dann weiter zum Brennerpass und von dort nach Brixen, vielleicht noch gute zwei Stunden, also insgesamt rund acht Stunden – ohne Pausen."

„Wie schnell kann man mit einem Land Rover fahren?"

„Das kommt auf das Modell an." Man kann damit schon sehr flott unterwegs sein."
Also eine Geschwindigkeit von durchschnittlich 130 kmh sollte man schon erreichen können.

„Okay, Schulz dann machen wir für heute erst einmal Schluss, bevor ich mir morgen diesen Hof mal näher anschauen werde."

Der Vorfall im Lokal

Als Kommissar Schöne aus Oldenburg zurück kam, hielt er vor einem kleinen Lokal in Zetel an, ging dort hinein, um hier zum Abend eine Kleinigkeit einzunehmen, damit er seinen „kleinen Hunger" stillen konnte.

Er hatte gerade bestellt, als zwei junge Männer im Alter von ca. 30 – 35 Jahre in das Lokal kommen. Sie sahen aus, als kämen sie gerade von einem Feld. Ihre Stiefel waren mit Dreck behaftet. Sie hatten schon einen ordentlichen „Stiefel" auf, als sie in das Lokal hineinkamen.
Pöbelhaft nahmen sie an einem der freien Tische Platz und pfiffen nach einer Bedienung. Man reichte ihnen die Karte. Bei jeden Gericht machten sie ihre dummen und tölpelhaften Bemerkungen.

Bei einem Döner fiel die Bemerkung:

„Dieses Gericht will ich nicht hier auf der Karte stehen sehen."

Wir sind hier in Deutschland und nicht in der Türkei. Oder bei einem italienischen Salat brüllte der scheinbar jüngere von den Beiden in den Raum: „

Den Scheißdreck können die Itaker selber fressen und daran ersticken."

Nachdem sie die Speisekarte ausgiebig kommentiert hatten konnte die Bedienung endlich von den Beiden ihre Bestellung aufnehmen.

„Zweimal Bratwurst mit Pommes rot/weiß und zwei Bier. Aber dalli!"

Im Weggang klopfte der Jüngere der Bedienung auf dem Po. Sie drehte sich um und schaute ihn giftig an. Daraufhin meinte er frech, ob sie was sagen wollte.

Sie wollte nicht.

Dann kam das Essen auf dem Tisch, dass der Chef selber brachte und ihnen hinstellte. Dabei blickten seine Augen finster. Dies wurde von dem Jüngeren bemerkt und sofort fauchte er ihn an:

„Eh du Arschloch, mach` das du verschwindest, sonst ertränke ich dich in der Jauchegrube. Mein Gott, was hier für ein Zeug herum läuft. So etwas gab es doch früher nicht. Also verpiss` dich.“

Dann kehrte für eine kurze Zeit Ruhe ein.

Als der Andere dann bezahlen wollte, stand der Jüngere schon auf und schlug dabei den Teller des Kommissars vom Tisch. Dabei machte er die Bemerkung, was er denn hier wolle. Er hätte hier nichts zu suchen, denn dieses Lokal ist nur Deutschen vorbehalten.

Also sollte er verschwinden. Der Ältere wollte ihn noch beruhigen aber dadurch wurde er noch unangenehmer, um es mal vorsichtig auszudrücken.

Unser Kommissar blieb noch ganz ruhig sitzen und schaute sich den Kerl in aller Ruhe an. Als der Jüngere sich dann auch noch das Bierglas nehmen wollte, sprang der Kommissar urplötzlich auf, griff seinen Arm und drehte ihn mit einer Wucht auf seinen Rücken, so dass ihm erst einmal die Luft wegblieb.

Jetzt drückte ihn der Kommissar mit dem Oberkörper auf den Tisch und fixierte ihn dort.

Mit ganz ruhigen Worten ermahnte er seinen Kollegen und sagte ihm:

Es wäre für ihn vorteilhafter wenn er sein Essen bezahlen würde und auch gleich den Schaden, den sein Kollege oder Freund angerichtet habe, zu begleichen. Ansonsten...

Etwas verstört zahlte er und trollte sich nach draußen.

Der Jüngere wollte sich losreißen, was ihm aber schlecht bekam, denn der Kommissar drückte ihn noch fester auf den Tisch und bog seinen Arm immer weiter nach oben. Er schrie vor Schmerzen.

Der Kommissar ermahnte ihn noch einmal eindringlich, sich ganz still zu verhalten, da er auch ganz anders vorgehen könnte.

Daraufhin bat er den Wirt, die Polizei anzurufen und sie zu bitten hier vorzufahren.
Der Wirt folgte ungläubig den Anweisungen.
Keine zehn Minuten später hörte man schon die Sirenen des Polizeiwagens, wie er durch den Ort raste und vor dem Lokal hielt. Die Beamten gingen mit gezückten Waffen in das Lokal herein.
Der Kommissar bat den einen der Beamten um seine Handschellen.
Der schaute verdutzt und hielt noch immer seine Waffe auf den Kommissar.
Der schaute ihn an und sagte zu ihm: Er sollte ihm endlich seine Handschellen geben und die Waffe wegstecken.

Außerdem sei er der Kommissar Schöne und bereite gerade eine Festnahme vor.

Da schaute der Polizist seinen Kollegen erstaunt an und nur zögernd gab er dem Kommissar die Handschellen, die er dann dem Jüngeren anlegte.

Dann zeigte er den Polizisten seinen Ausweis und bat sie, seinen Kollegen Schulz in Oldenburg anzurufen, um hier einen Verdächtigen zu übernehmen, den er gerade hier dingfest gemacht habe.

Der Jüngere schaute ihn mit großen Augen an. Er wurde auf einen Stuhl gesetzt und durch die beiden Polizisten bewacht, währenddessen durchsuchte der Kommissar seine Papiere, die er bei sich trug.

Eine halbe Stunde später traf Schulz ein und sprach mit dem Kommissar einige Worte.

Aus den Wortfetzen, die man mitbekam, konnte man entnehmen, dass man es hier mit einem Mörder zu tun habe, was alle Anwesenden etwas schockierte.

Der Kommissar bat Schulz alles für ein Verhör in Oldenburg vorzubereiten und übergab ihm die Papiere, die der Klient bei sich trug. Er würde hier noch die Zeugenaussagen aufnehmen und käme dann ebenfalls sofort nach Oldenburg.

Schulz nahm den Delinquenten in seine Obhut und fuhr mit seinen Mitarbeiter zurück nach Oldenburg.

Als sie langsam durch den Ort in Richtung Bockhorn fuhren,

versuchte der Festgenommene zu fliehen, was aber misslang und daran scheiterte, dass der Mitarbeiter aufgepasst hatte und ihn noch gerade festhalten konnte, bevor er die Tür öffnen und fliehen konnte.

Schulz hielt an und verpasste ihm ein zweites Paar Handschellen, die er am Haltegriff festmachte. So konnte er sich fast kaum mehr rühren und musste nun in einer stark gekrümmtem Haltung die Fahrt antreten.

Er beleidigte die Beamten unentwegt, mit Begriffen wie „Bullenschweine", Mörder, dreckiges Gesindel und vieles mehr. Dabei spuckte er wie wild um sich herum.

Nach einer kurzen Strecke war es Schulz endgültig leid und brüllte ihn an, dass er nun endlich Ruhe geben sollte, was ihn aber dazu veranlasste weiterzumachen.

Da hörte man nur noch einen harten dumpfen Ton und es kehrte plötzlich Ruhe ein. Mit Blaulicht ging es dann zur Autobahn und in Richtung Oldenburg.

In der Zwischenzeit nahm der Kommissar die Aussagen der Zeugen auf. Dabei bekam er auch zuhören, dass dies nicht der erste Zwischenfall hier in diesem Lokal war. Die beiden kamen des öfteren nach der Arbeit auf dem Feld hierher, um zu essen.

Dabei kam es sehr oft zu irgendwelchen Zusammenstößen zwischen den Gästen, die sie hier beleidigten, wie dies auch mit ihnen geschehen ist. Man habe aber bisher auf eine Strafanzeige verzichtet, da sonst der Jüngere dagegen mit Gewalt vorgegangen wäre.
Auch die Bedienung sagte aus, dass der Jüngere sie immer unsittlich anfasste, ihr unter den Rock griff, den sie jetzt nicht mehr anziehen würde, dafür griff er ihr zwischen die Beine oder schlug ihr mit der Hand auf dem Po.

Einmal hatte sie ihn eine gescheuert, da wollte er ihr an den Hals gehen.
Zum Glück kam der Chef ihr zur Hilfe. Er ließ aber nur widerwillig ab, als der Chef ihn mit einem großen Küchenmesser bedrohte. Sie hatte dabei eine Todesangst.

Aber sie muss ja leider hier ihr Geld verdienen, um sich und ihren kleinen Sohn über die Runden zu bringen. Schon damals hatte er mir gedroht, mich umzubringen, wenn ich das Maul aufmachen würde. Ich wäre ja nur eine Schlampe und hätte kein Recht zu leben.

Währenddessen war Schulz in Oldenburg angekommen.

Zum Glück verlief die weitere Fahrt ruhig, da der Jüngere in einen tiefen Schlaf fiel.

Unsanft wurde er von zwei kräftigen Wachleuten aufgeweckt und von deren kräftigen Armen über den Boden gezogen bis er einigermaßen stehen konnte. Danach wurde er zuerst in eine Zelle gebracht, wo er wieder, so halb nüchtern, anfing zu krakelen. Dies hätte er nicht tun sollen.

Ein Wachhabender mit der Figur eines „Bud Spencer" gesellte sich zu ihm und schlagartig verstummte er. Nur noch ein leises Stöhnen hörte man aus der Zelle.
Unterdessen trug Kommissar Schulz alle bisherigen Informationen, die man bisher aus dem Fall kannte, zusammen.
Dabei fiel ihm auf, dass man ihn schon einmal im Visier hatte, aber ihm nichts beweisen konnte, da er von seiner Mutter ein Alibi für die Tatzeit bekam.

Hier stand vermerkt: Er war zu dieser Zeit auf einen Lehrgang auf der landwirtschaftlichen Schule in Bayern.

Ansonsten gab es zwar ein paar Hinweise, die bezeugten, dass er mehrfach in Schlägereien verwickelt war, was man aber seinem jungen Alter nachsah.

Allerdings war er oft recht jähzornig und schien politisch eher auf rechts zu stehen, da er meist alles fremdländisches beschimpfte.

So ergab sich schon ein eindrucksvolles Bild von seiner Persönlichkeit, die er ja auch auf seiner Fahrt nach Oldenburg abgab.

Eine Stunde später kam der Kommissar Schöne auf der Dienststelle an.

Kommissar Schulz erwartete ihn schon voller Ungeduld.

Sollte... er wieder die richtige Spürnase gehabt zu haben?

Zuerst nahmen sie Platz im Büro von Schulz und tranken, wie sie das immer taten, erst einen schönen Kaffee und die von beiden so geliebten Plätzchen, die einfach immer dazu gehören mussten.

Erst dann gingen sie auf den Fall ein.

Ich glaube mein lieber Schulz, dass wir nach den Vorfällen von heute Abend den Täter, der für die Morde an der Familie Castello verantwortlich ist, haben!
Vielleicht sogar auch den Täter von Elvas.
Wir müssen nur noch ein Geständnis haben und die letzten noch fehlenden Beweise finden.

Bitte informieren sie unsere italienischen Kollegen und sagen sie ihnen, dass wir aller Voraussicht nach den Täter oder die Täter haben, die für den Mord an der Familie Castello und den Eltern der Frau in Elvas in Frage kommen.

Am besten wäre es, wenn sie zu uns nach Oldenburg kommen würden, denn ich brauche sie für das Geständnis des Täters, da er vermutlich alles ableugnen wird, was man ihm zu Last legen wird. Gleichzeitig sollten wir noch eine DNA-Probe von ihm bekommen. Sie könnte für uns hilfreich sein. Ich werde den morgigen Tag dazu benutzen, um mir das Haus bzw. den Bauernhof noch einmal genau unter die Lupe zu nehmen, dazu brauche ich für morgen früh die KTU und einen gerichtlichen Durchsuchungsbefehl.

„Und was machen wir heute?"

„Heute werden wir ihn nur dazu befragen, was er sich dabei gedacht habe, die Bedienung sexuell zu belästigen und mich ebenfalls ohne ersichtlichen Grund anzugreifen."

Dieses Gespräch sollten wir bzw. sie aber etwas in die Länge ziehen, um ihn müde und mürbe zu machen, um morgen in aller Frühe mit der Befragung weiter zu machen.

Ich werde vermutlich so gegen Mittag hier eintreffen.

Dann werden wir hoffentlich den Hammer auspacken können!

Die Durchsuchung

Schon um 6 Uhr am anderen Morgen war der Kommissar Schöne an dem Wohnort, der Gemarkung Bredehorn, des vermeintlichen Täters angekommen.

Er verteilte kurz die Leute auf dem Grundstück und ging selber mit drei Mitarbeitern zur Eingangstüre. Nachdem er Sturm geschellt hatte, hörte er ein leises Geräusch und wie ein Schlüssel im Schloss herum gedreht wurde. Dann öffnete sich die Türe. Er hielt dem Mann, der die Türe geöffnet hatte, dass amtliche Schreiben unter die Nase und marschierte in die Diele hinein. In der Küche wurde dann auch die Frau gefunden.

Beide Personen wurden sofort von zwei weiteren Mitarbeiter in Empfang genommen und auch gleich intensiv verhört.

Es handelte sich um die Eltern des Mannes, der jetzt in Oldenburg einsaß.

Gegen 8.00 h nahm Schulz in der Zwischenzeit in Oldenburg den mutmaßlichen Täter in die Mangel und befragte ihn zu den Vorfällen vom gestrigen Abend.

Kommissar Schulz nahm sich den jungen Burschen vor, der von zwei kräftigen Beamten in den Verhör-Raum gebracht wurde. Man bat ihn sich auf den Stuhl an dem Tisch hinzusetzen, was er aber nur widerwillig tun wollte. Ein beherzter Griff eines Beamten brachte ihn doch dazu, sich endlich hinzusetzen.
Schulz schaute sich ihm erst einmal ganz lange an, schaute ab und zu in seine Unterlagen hinein, schüttelte das ein und andere Mal mit dem Kopf und schaute ihm wieder lange an.

Dies machte den Tatverdächtigen unsicher. Er raunzte den Kommissar an:

„Was wollen sie eigentlich von mir? Sie haben doch kein Recht mich hier festzuhalten. Ich bin deutscher Staatsbürger und da hat die Obrigkeit kein Recht mich hier überhaupt festzuhalten."

„Oh doch mein lieber Freund, sicher haben wir das Recht sie hier festzuhalten, da sie folgende Anklagepunkte gesammelt haben:

1. Sie haben die Bedienung in dem Lokal sexuell belästigt.

    „Was soll ich getan haben? Sie sexuell belästigt haben? Wenn ich das getan hätte, dann könnte diese Schlampe heute nicht mehr laufen! Also, was soll der Quatsch?"

2. Sie haben sich gegen die Staatsgewalt vergriffen. „Wieso, was hat denn der Blödmann da zu sitzen, und blockiert meinen Weg. Also habe ich nichts getan, was unrecht war. Fremde haben bei uns nichts zu suchen, damit das mal klar ist."

3. Sie haben rassistische Äußerungen von sich gegeben. „Mein lieber Mann, wenn man die Sprache des Volkes nicht versteht, dann soll man wo anders arbeiten."

„Ich muss feststellen, dass sie ein sehr großes Mundwerk haben, ob sie das auch noch morgen haben werden, erscheint mir doch sehr fraglich zu sein. Deshalb sollten sie mir erst einmal ihren Namen nennen."

„Wie komme ich dazu, ihnen meinen Namen zu nennen."

„Nun gut, dann sage ich ihnen wer sie sind."

„Sie sind Jürgen Petermanns, wohnhaft in der Gemarkung Bredehorn, sie sind im Juli 1983 geboren, ledig, leben bei ihren Eltern und sind von Beruf Landwirt."

„Ferner sind sie bereits mehrfach polizeilich in Erscheinung getreten, in der Hauptsache durch Schlägereien, Sachbeschädigungen und Belästigungen."

„Vielleicht können sie mir diese Angaben freundlicherweise bestätigen."

„Einen Saudreck werde ich tun und meine Daten ihnen bestätigen."

„Nun, wir können auch anders weitermachen. Es liegt alles nur bei Ihnen.

Da sie nicht mit mir reden möchten, dann werde ich sie zunächst in die Abteilung zur Entnahme von Blut, einer DNA-Probe und den Fingerabdrücken schicken."

„Ich habe Zeit."

Er wollte noch ein paar Worte sagen, die aber schnell verstummten, als die beiden Beamten sich ihn packten und abführten.

In Bredehorn auf dem Hof

Kommissar Schöne nahm mit seinen Mitarbeitern das Wohnhaus regelrecht auseinander.
Er selbst ging ganz langsam durch das Haus, durch alle Räume. Schaute mal hier und dort hin.
Ab und zu gab es mal einen Hinweis zu einem Mitarbeiter, sich die und jene Stelle einmal genauer anzuschauen.
Über eine einfache Türe gelangte er in dem Stall hinein. Auch hier schaute er sich in aller Ruhe um.
In einer Ecke fand der auf einem Holzklotz eine Axt, die Blutverschmiert war. Ebenso fand er an der Bretterwand weitere Blutspritzer.

Das ließ ihn neugierig werden.

Er rief einen Mitarbeiter der KTU zu sich und bat ihn, diese Stelle besonders genau zu untersuchen und wenn es sein muss, auch die Bretterwand zu entfernen und dort besonders nach Spuren zu suchen.

Oben auf der Tenne, die im Moment leer war, stöberte er umher, in einer Spalte , wo die Sonne gerade einen Strahl hinwarf, blitzte ihm etwas entgegen. Er wurde neugierig und schaute sich diese Stelle genauer an. Um an das Teil, was ihn da so anblinzelte zu kommen, musste er sein Taschenmesser bemühen. Nach einigen vergeblichen Versuchen hatte er das Teil geborgen. Es war ein Ehering!
Schöne schaute sich ihn lange an. Er war einfach, ohne weitere Kennungen, bis auf ein kleines, winziges Kreuz auf der Innenseite des Ringes.

Er packte ihn ein. Er schaute sich weiter um, vielleicht gab es noch mehr zu entdecken. Vor allem interessierte ihn der Boden, der jetzt doch recht frei vor ihm dar lag. Er ging jeden Zentimeter des Boden ab.

Ganz in der Nähe, wo er den Ring gefunden hatte, fand er an einem offenen Holzstück zwei kleine Stoffreste, die sich dort festgesetzt hatten. Sie könnten von einem Kleidungsstück stammen. Auch diese packte er ein.

Er ging von der Tenne wieder herunter und setzte sich kurz auf einen Strohballen und dachte nach, was sich hier in der Halle abgespielt haben könnte. Er war gerade in seinen Gedanken versunken, als ihn ein Mitarbeiter ansprach: Er möchte doch einmal ins Haus kommen. Er folgte ihm ins Haus. Dort zeigte man ihm einen Holzofen, wo kürzlich noch etwas verbrannt worden war.

Es schien sich um irgendwelche Unterlagen gehandelt zu haben, da man in der Asche auch zahlreiche Büroklammern fand. Schöne ordnete an, dass man die Reste aufnehmen und im Labor untersuchen sollte.

In der Küche fand der Kommissar die Eltern, die da stumm am Tisch saßen. Er schaute sich das Paar lange an, bevor er sie ansprach.

Wir haben Unterlagen in ihrem Ofen gefunden. Welche Unterlagen haben sie dort verbrannt? Beide blickten stumm auf den Tisch und sagten kein Wort. Gut, dann werden wir sie nachher mitnehmen und sie im Präsidium weiter verhören. Plötzlich wurden ihre Gesichter munter.
Sie wüssten nichts davon und ob der Sohn hier etwas verbrannt hat?

Keine Ahnung?

Sie wüssten nichts. Gut, dann nehmen wir sie halt mit. Schöne drehte wieder ab und ging weiter durch das Wohnhaus.
Dann nahm er sich den Wohnbereich des Sohnes vor. Ordnung war für den Sohn scheinbar ein Fremdwort. Überall lagen die Sachen umher.

Ein Schrank im Wohnraum weckte sein Interesse. Er öffnete jede Tür, klopfte hier und da, hinter einer hohl klingender Verkleidung im oberen Bereich des Schranks wurde er fündig.
Er entfernte vorsichtig die Verkleidung. Dahinter fand er eine große Anzahl von Bildern. Es waren Bilder von Frauen, die mehr oder weniger nackt waren. In einer hinteren Ecke des Faches fand er ältere, schon etwas vergilbte Bilder.

Bei der genaueren Betrachtung fiel ihm die Ähnlichkeit mit der gefundenen Leiche auf, die ja zwischenzeitlich identifiziert werden konnte, allerdings zeigten die Bilder einen angstvollen Blick.

Was mag da vorgefallen sein. Sollte er sie...? Es war kaum vorzustellen, dass sie hier freiwillig mitgemacht hatte. Er gab sie der KTU mit der Bitte, diese Bilder zu vergrößern und ihm wieder schnellstens zurückzugeben. In einer Ecke fand er auch noch ein kleines Tüchlein, mit einem Monogramm. Auch dieses ging zur KTU.

Dann ging der Kommissar noch über den Hof und fand in einer Ecke den Land Rover stehen.

Diesen schaute er sich ganz genau an. Von den Reifen nahm er ein paar Abdrücke, die er an die KTU weitergab.

Da fiel ihm ein, dass Herr Peters von zwei Treckern sprach. Hier in der Halle stand aber nur noch einer.

Wo war der andere Trecker? Stand der womöglich noch vor dem Lokal?

Nach vier Stunden war das gesamte Anwesen durchsucht worden. Man fand viele interessante Dinge, die eine große Verwertbarkeit garantierten. Danach ging es mit den beiden alten Eheleuten und dem gesamten Tross zurück nach Oldenburg.

In Oldenburg ging es mittlerweile rund. Der Verdächtige meinte er müsste sich mit den Beamten anlegen, um die Untersuchungen zu verhindern. Aber da hatte er die Rechnung ohne die Beamten gemacht.

Ihre Griffe saßen fest und er konnte sich kaum bewegen, so das die Untersuchungen abgeschlossen werden konnten. Dann kam er für` s erste wieder in seine Zelle.

Schulz wartete gespannt auf den Kommissar Schöne und den weiteren Erkenntnissen.

Gegen Mittag kamen sie endlich an. Gleich gingen beide zum Mittagessen, um das weitere Vorgehen zu besprechen. Eigentlich hatte man genügend Beweise gefunden, dass der Tatverdächtige auch der Täter sein könnte. Aber man wollte noch die endgültigen Ergebnisse der Untersuchungen abwarten.

Für heute wollte man ihn und seine Eltern noch etwas schmoren lassen. Morgen sollten die weiteren Verhöre stattfinden.

Für heute wollte man Schluss machen und Kommissar Schöne fuhr nach Hause.

Zu Hause angekommen ging er noch einmal alle bisherigen, bekannten Fakten noch einmal durch.

Dabei fiel ihm etwas Merkwürdiges auf.

Der letzte Beweis

Nach den vorliegenden Beweisen war die Lage schon beängstigend für den Tatverdächtigen.
Aber die letzte Sicherheit wollte man durch das Verhör haben.
Also hieß dies:

Sich entsprechend vorbereiten!

Darin war Kommissar Schöne ein Meister seines Faches. Diesmal hatte er sich etwas Besonderes ausgedacht, um den Täter zu überführen.

Erwarten wir den anderen Morgen:

Gegen 10.00 h traf Kommissar Schöne in Oldenburg ein und sprach direkt mit Schulz, natürlich bei einer Tasse Kaffee und den geliebten Plätzchen.

Die Kollegen aus Italien hatten sich gegen Mittag angemeldet.

„Gut dann haben wir noch etwas Zeit, um die letzten Erkenntnisse aus der KTU zu erhalten."

„Ich gehe gleich mal zu ihnen hinüber, um mir die Ergebnisse zu holen und werde sie gleich auf unsere PC` s aufspielen, damit wir beide den gleichen Wissensstand haben werden."

„In der Zwischenzeit sollten sie sich unseren Delinquenten noch einmal vornehmen und ihn zu den Vorfällen von neulich Abend befragen.

" Sonst nichts weiter."

„Sollte er einen Anwalt wünschen, dann lassen sie es zu. Denn den wird er mit Sicherheit brauchen, bei dem was wir ihm vorwerfen werden!"

„Gegen Mittag werde ich meine italienischen Kollegen in Empfang nehmen und mit ihnen Essen gehen, danach starten wir mit dem Verhör."

Schulz nahm sich noch einmal den Delinquenten vor. Aber jetzt wollte dieser nicht mehr aussagen, sondern verlangte seinen Anwalt, was Schulz ihm auch locker gewährte. Gegen 15.00 h sollte er da sein, da wir dann noch einmal mit dem Verhör beginnen wollen.

Die Kollegen aus Italien kamen pünktlich an und wurden von Schöne am Bahnhof abgeholt. Anschließend gingen sie gemeinsam Essen. Dabei tauschten sie die neusten Informationen aus. Kommissario Saluto konnte mit einer sehr interessanten Nachricht aufwarten.

Man vereinbarte, diese Nachricht noch zurückzuhalten, da sie zu brisant war, als sie gleich in die Welt zu bringen.

Auch die Spuren, die Kommissar Schöne bei der Durchsuchung des Hofes gefunden hatte, reichten schon aus, um den Täter festzunageln, aber dieser Beweis machte die Sache endgültig dingfest.

Aber die Kommissare wollten lieber das Geständnis des Täters haben, als nur mit irgendwelchen Indizien zu arbeiten.

Also stimmten sie sich kurz über das Vorgehen ab und dann ging es auch schon in Richtung Präsidium.

Dort angekommen wurden die italienischen Kollegen Kommissar Schulz vorgestellt. Man zog sich kurz zu einer knappen Besprechung zurück.

Punkt 15.00 h begann man mit dem Verhör.
Der Anwalt kam mit fliegenden Fahnen herein geschwebt und legte sofort los, warum und weshalb man seinen Mandanten festhielt. Dies wäre ja mehr als unverhältnismäßig!

Ein Beamter nahm den Anwalt in Empfang und führte ihn in den Verhör-Raum. Dort saßen schon die Kommissare Schulz, Saluto, Bernota und Schöne, sowie vier kräftige Beamte.
Der Anwalt war etwas verwundert über den großen Aufwand für eine solche Lappalie, die sich vor Tagen in dem Lokal abgespielt hatte.

Schulz bat den Anwalt sich zu setzen und teilte ihm kurz mit, dass es sich hier um deutlich mehr handeln würde, als er bisher annehmen könnte..

Dann wurde der vermutliche Täter in den Verhör-Raum hinein geführt. Als er die vielen Leute hier sah, wurde er leicht nervös. Man sagte ihm, dass er sich setzen sollte und abwarten, was da auf ihn zukommen sollte.

Zuerst las ein Beamter seine Daten vor und forderte eine Bestätigung durch den Anwalt ein. Diese folgte auch!

„Wessen Vergehen wird der Beschuldigte angeklagt?"

„Nun, heute sprechen wir nicht über die Straftaten, die sich vor Tagen im Lokal ereignet haben. Hier ging es aber immerhin um Beleidigung, einer sexuellen Belästigung und rassistischen Äußerungen.

Aber dies schieben wir jetzt mal zur Seite.

Jetzt geht es hier um mehr, als nur um einen dummen Jungenstreich!

Hier geht es um einen mehrfachen Mord!

Dem Anwalt fiel die Kinnlade herunter.

„Mord?"

„Ja, Mord!"

Das werden wir ihnen jetzt erklären:

Kommissar Schöne erhob sich langsam von seinem Stuhl und ging ganz langsam um den Tisch herum, ohne den Delinquenten aus dem Auge zulassen.

„Herr Petermanns, können sie sich noch an das Jahr 2014 erinnern, so um die Sommerzeit?"

„Was soll diese blöde Frage?"

„Beantworten sie bitte meine Frage!"

„Wie komme ich dazu, ihnen diese Frage zu beantworten?"

„Nun, sie können diese Frage beantworten oder auch nicht!"

Der Anwalt schaltete sich ein:

„Warum soll mein Mandant, ihnen diese Frage beantworten?"

„Nun, sie ist sehr wichtig für eine Geschichte, die sich zu diesem Zeitpunkt auf dem Hof von Herrn Petermanns abgespielt hatte."

„Ich möchte nur das Erinnerungsvermögen ihres Mandanten auffrischen, zu den Geschehnissen im Jahre 2014, die sich im Sommer dort auf dem Hof abspielten."

„Und weshalb sitzen hier auch italienische Polizisten. Dies sind keine Polizisten sondern Kommissare, wie wir es sind und sind aus einem ganz speziellen Grund hier.

„Und ihnen würde ich raten, ihren Mandanten klar zu machen, dass es langsam an der Zeit wäre, sich zu erinnern."

„Wir haben die ganze Nacht Zeit, um das Verhör durchzuführen."

„Also, können sie sich an das Jahr 2014 im Sommer erinnern oder nicht?" „Ja oder nein?"

„Mein Gott, was soll diese blödsinnige Fragerei?"

Weil es zu dieser Zeit einen Vorfall gab, der heute ihr ganzes Leben verändern wird.

Petermanns und sein Anwalt schauten sich ungläubig an. Was wollte der Kommissar damit sagen:

„Einen Vorfall, der sein ganzes Leben verändern kann?"

„Was hat das zu bedeuten?"

Der Anwalt zu Schöne:

„So kommen sie doch endlich mal zur eigentlichen Sache."

„Wenn ihr Mandant nichts zu sagen hat, dann werde ich ihnen eine Geschichte erzählen, was sich damals, 2014 im Sommer, zugetragen hat. Wenn etwas nicht stimmen sollte, dann sollten sie Widerspruch einlegen."

„Wie soll ich Widerspruch einlegen, wenn ich noch nicht einmal weiß, um was es hier geht."

„Dies werden sie gleich in aller Ausführlichkeit erfahren."

„Haben sie noch einen kleinen Augenblick Geduld, dann werde ich Ihnen erzählen, was damals geschah.

Kommissar Schöne nahm sich noch einen großen Schluck aus seiner großen Teebecher und setzte sich sich auf einen Stuhl, der in einer Ecke stand, holte noch einmal tief Luft, bevor er begann:

Wir schreiben das Jahr 2014. Es ist Anfang des Sommers, vielleicht auch schon noch Frühjahr. Aber das sollte uns nicht stören.

Schulz bekam in der Zwischenzeit weitere Informationen von der KTU herein, die er direkt auf das Tablet von Schöne weiter leitete.

Ein kurzer Blick von Schöne auf das Tablet ließ ihn leicht lächeln.

Dafür wurde die Miene von Petermanns immer düsterer, was auch sein Anwalt bemerkte.

Schöne nahm den Faden wieder auf und erzählte weiter:

Um diese Jahreszeit arbeitete das italienische Ehepaar Castello bei ihnen auf dem Hof.
Der Mann vermutlich auf den Feldern und seine Frau in den Ställen und im Haus.
Ferner gehörte ein kleiner Sohn zu diesem Ehepaar, der in Neuenburg zur Schule ging und vermutlich am Nachmittag ebenfalls auf dem Hof kam.

Ich kann mir vorstellen, dass sie der Frau nachgestellt haben, da sie, wie mir die Bilder der Familie zeigen, sehr hübsch war.

Außerdem haben wir auch einige Aufnahmen in ihrem Haus gefunden, hinter einem geheimen Fach in ihrem Schrank, die sie von der Frau gemacht haben.
Eben habe ich von der KTU die Nachricht bekommen, dass man auf den Bildern, wenn man sie nur groß genug macht, starke Spuren von Gewalteinwirkung sehen kann.

Schulz legen sie mal die großen Bilder mit den entsprechenden Markierungen auf den Tisch, damit wir alle sie sehen können.

„Na, können sie sich jetzt langsam wieder daran erinnern?"

„Mein Gott, was wollen sie eigentlich von mir. Sie sind nicht mehr ganz dicht im Kopf. Also was soll der ganze Blödsinn hier, den sie veranstalten?"

„Dann fahre ich fort in meiner Geschichte," gab Schöne trocken zur Antwort.

„Also, sie haben der Frau nachgestellt, sie geschlagen, sie ausgezogen und dann fotografiert, was man auf den Bilder ja eindeutig sehen und festhalten kann.
Vermutlich sind sie auch noch einen Schritt weitergegangen.

Ich habe gerade das Ergebnis ihrer DNA. Sie stimmt mit meinen Vermutungen überein."

„Was vermuten sie denn," warf der Anwalt ein.

„Möchten sie das wissen, Herr Anwalt?"

„Ja, natürlich!"

„Nun dann werde ich es ihnen sagen:

„Ich glaube kaum, das die Frau Castello freiwillig mitgemacht hat, während ihr Mandant sie geschwängert hat. Durch Untersuchungen an den sterblichen Überresten konnten wir nachweisen, dass sie im 3. Monat schwanger war, als sie starb.
Todesursache war übrigens ein schwerer Schlag auf den Hinterkopf.

„Was dazu geführt hat, kann ihr Mandant ihnen mit Sicherheit erläutern.

Weiter nehme ich an, dass der Ehemann davon Kenntnis bekam und seine Frau beschützen wollte und dann von ihrem Mandanten ebenfalls getötet wurde.
Was mir aber bis heute noch schleierhaft ist, wie der kleine Junge um`s Leben kam.

Im Oberkörper befanden sich Einstiche, die von einem Messer oder vielleicht von einer Mistgabel stammen könnten.

Wir haben bei ihnen auf dem Hof eine Mistgabel gefunden, die die gleichen Abstände zeigte, wie der kleine Junge im Brustbereich aufwies.

Aber woher kamen die vielen unnatürlichen Bruchverletzungen am Körper des Jungen?

Ich werde es ihnen sagen, Herr Petermanns, von ihrem Traktor. Sie haben ihn einfach brutal überfahren.

Vermutlich haben sie zuerst die Frau getötet und dann den Ehemann und das Kind. Deshalb auch die beiden verschiedenen Fundstellen.

Übrigens, ich habe in verschiedenen Berichten gelesen, dass sie einer der härtesten Gegner der neuen Windkraftanlage waren.

Jetzt weiß ich auch warum!

Bis zum Schluss haben sie gehofft, dass man die sterblichen Überreste nicht finden wird, da sie sie ja sehr tief vergraben hatten. Aber das Schicksal wollte es anders. An gleich zwei Tagen fand man die Überreste der Familie Castello.

Dumm gelaufen!

Dann liefen die Untersuchungen an. Als wir dann umher gingen und nach dieser Familie fragten, kannte keiner sie. Trotzdem fanden wir erste Anhaltspunkte.
Als dann noch ein Zeitungsartikel erschien, wurde ihnen der Boden doch zu heiß.

Jetzt galt es auch noch die letzten Beweise zu vernichten.

Noch wussten sie nicht, wonach sie suchen sollten.

Dafür fanden wir weitere Hinweise auf dem Boden der Tenne.
Hier stießen wir auf einen Ehering und feine kleine Stoffreste, die wir auch bei den Überresten sicherstellen konnten.

Sie stimmen überein!

Von dem Ring schickten wir Fotos zu meinem dortigen Kollegen und ihnen gelang es, den Ring der Frau zuzuordnen. Sowohl von den Eltern der Frau und durch verschiedene Bildern, die wir in der Wohnung fanden.

Damit können wir den Kreis um die drei Toten im Herrenmoor schließen."

„Nun, gebe ich die weiteren Ausführungen an meinen Kollegen, Herrn Saluto weiter, der ihnen die weitere Geschichte erzählen wird:

„Nun, zunächst möchte ich ihnen eine kleine Frage stellen, bevor Kommissario Saluto mit seinen Ausführungen beginnt:

Möchten sie lieber von einem deutschen oder italienischen Gericht verurteilt werden und entweder in Stammheim oder auf Sizilien, dem Sitz der Mafia, ihre lebenslange Strafe absitzen?
Wenn sie dort ihre Strafe überhaupt so lange absitzen können. Denn der Arm der Mafia ist sehr lang, zumal sie ein Mitglied dieser Organisation getötet haben, wie wir jetzt an Hand der vielen Beweise feststellen konnten.

„Herr Kommissar Saluto, bitte...“

Denn was ich jetzt zu erzählen habe, wird wahrscheinlich in Italien verhandelt werden müssen.

Herr Petermanns wurde immer kleiner auf seinem Stuhl und seine zittrige Hand ging immer öfters durch sein fahles Gesicht.

Eine gewisse Blässe schlich sich in sein Gesicht!

Er wurde sichtlich nervöser und rutschte unruhig auf seinem Stuhl umher.

Kommissario Saluto fuhr weiter in seinen Ausführungen.

„Sie waren vor Tagen in Elvas, wo die Eltern der Frau und die Familie über den Winter lebte, bevor sie wieder ihre Arbeiten in Norddeutschland aufnahmen."

„Mensch, was wollen sie denn überhaupt hier, sie Ausländer. Sie haben hier überhaupt nichts zu wollen oder zu sagen. Verschwinden sie oder sonst...?"

„Was heißt bei Ihnen, sonst..."

„Lassen sie es ruhig raus, wir nehmen dies alles auf und packen es dann später noch oben drauf."
Also tun sie sich keinen Zwang an."

„Also, sie waren vor ein paar Tage in Elvas."

„Was hatten sie da zu tun?"

„Sie erwarten doch nicht, dass ich ihnen diese Frage beantworte."

„Nun, es würde die Sache für sie leichter machen und ihr Gewissen beruhigen.
Denn ich sehe ja, wie sie mit sich kämpfen, da wir immer näher an die Wahrheit herankommen. Sie werden ja immer nervöser, immer unruhiger, immer gereizter."

„Was soll denn dieser gesamte Quatsch mit Elvas? Wo liegt das überhaupt? Also, was soll der ganze Blödsinn hier?"

Da schaltete sich Kommissar Schöne ein:

„Lieber Herr Anwalt, wenn sie das bisher noch nicht bemerkt haben, steht ihr Mandant unter fünffachen Mordverdacht.

Die ersten drei Morde konnten wir ihrem Mandanten schon nachweisen.
Die Beweise liegen hier schon vor.
Jetzt geht es noch um zwei weitere Morde, die in Elvas, was übrigens in Südtirol liegt, zwischen dem Brenner und Bozen, verübt worden sind."

Ich war mit meinem Kollegen einen Tag zuvor dort in Elvas, bei den Eltern der Frau.

Dabei fanden wir weitere Hinweise, dass die Eheleute auf ihrem Hof gearbeitet hatten.
Dies geht eindeutig aus den Unterlagen hervor.

Zum Glück für uns, dass Herr Castello sehr genau Buch führte, welche Tätigkeit er an dem oder jenem Tag machte, was er verdient hatte und welche Summe er nach Hause überwies.

All diese Hinweise waren natürlich für uns ein idealer Aufhänger für unsere weiteren Ermittlungen.

Vermutlich war dies auch für ihren Mandanten ein wichtiger Beweggrund nach Elvas zu fahren.

Was er auch tat!

Bloß das was dort geschah, ließ uns einen Tag später das Blut in den Adern stocken. Hier wurden zwei alte Menschen kaltblütig ermordet, nur um an ein paar Unterlagen zu kommen, die einen verdächtig werden ließen.

Selbst der Dielenboden wurde aufgerissen, um bestimmte Unterlagen zu finden.
Zum Glück konnte ihr Mandant die Unterlagen nicht finden, da sich diese, dank einer weisen Voraussicht, bereits im Brixener Polizeigewahrsam befanden.

Dafür haben wir halt Spuren von ihrem Mandanten vor Ort gefunden.

„Was faseln sie sich da zusammen?"

„Wie wollen sie Spuren von mir gefunden haben, wenn ich überhaupt nicht in Italien war?"

„Sie lügen sich hier irgendwelche Geschichten zusammen, reden von Morden und haben überhaupt keinen einzigen Beweise, dass ich der Täter bin."

„Ich will jetzt nach Hause gehen und mit der Sache nichts mehr zu tun haben."

„Ich lass` mir doch nicht von so einem blöden „Itaker" einen Mord anhängen."

„Ich will endlich nach Hause. Ist das klar?"

„Wann es für sie überhaupt nach nach Hause geht, entscheidet der Staatsanwalt oder ob wir sie nach Italien ausliefern werden, dass müssen die Gerichte entscheiden, nicht wir!"
„So wie es bisher aussieht, werden sie den Rest ihres Lebens, in einer kargen Gefängniszelle verbringen.

Wenn sie Glück haben in Deutschland, wenn sie Pech haben in Sizilien, was sehr schlecht für sie wäre. Denken sie an die Mafia!" Deren Arm ist sehr lang!"

„Mensch sagen sie doch auch endlich mal etwas, wozu sind sie eigentlich mein Anwalt?
„Wozu bezahle ich sie eigentlich? Nur um irgendwelche Sprechblasen zu füllen."
„Also sorgen sie dafür, dass ich sofort nach Hause gehen kann."
„Ich habe das gesamte Affentheater, was man hier veranstaltet, absolut satt."

„Ob sie das satt haben, interessiert uns überhaupt nicht," sagte Schulz mit deutlich erhobener Stimme. Sie sind hier, weil sie fünf Menschen aus niedrigen Beweggründe ermordet haben, darunter auch einen siebenjährigen Jungen.

Allein dies gibt ihnen nicht das Recht sich hier so aufzuspielen."

Wir können auch ganz andere Seiten aufziehen, aber dann werden sie keinen Boden mehr unter den Füßen haben. Haben sie verstanden?"

„So, sie waren in Elvas, haben die Wohnung der Castello`s durchwühlt, dabei kamen ihnen die Eltern in die Quere und diese wurden von ihnen einfach abgeschlachtet, wie eine alte Sau."

„Mein Gott, was machen sie daraus einen Staatsakt, dass waren doch nur alte Leute, die ihr Leben ja schon hinter sich hatten und außerdem „Itaker", die ich eh nicht leiden kann."

„Ich danke ihnen für ihr Geständnis."

„Was wollen sie?"

„Ich hab doch nicht gestanden!"

„Klar, haben sie das. Sogar sehr eindeutig."

„Sie können ihr Geständnis ja noch einmal hören.
Das Band wurde noch einmal kurz zurückgespult und man hörte noch einmal ganz deutlich den entscheidenden Satz:

„….dass waren doch nur alte Leute, die ihr Leben ja schon hinter sich hatten..."

„Damit haben sie gestanden, Herr Petermanns!"

Aber auch wenn sie diesen Satz nicht gesagt hätten, haben wir genug Beweise, die belegen, dass sie der Täter sind, der die beiden alten Leute umgebracht hat.

Dabei haben sie leider in aller Eile in Elvas einen sehr markanten und deutlichen Schuhabdruck hinterlassen. Den konnten wir am Tatort sichern.

Den gleichen Schuhabdruck und den passenden Schuh konnten wir bei der Hausdurchsuchung hier vor Ort ebenfalls sicherstellen.

Ferner fahren sie einen Land Rover, der ein sehr auffälliges Reifenprofil besitzt.

Auch am Tatort haben wir Spuren von dem Reifen gefunden und konnten diese eindeutig an ihrem Fahrzeug nachweisen. Der linke Reifen hinten hat in der Mitte eine kleine Beschädigung im Form eines Ausbruches im Profil. Eine Seltenheit. Dies haben wir sowohl in Elvas und an ihrem Auto hier feststellen können.

Übrigens ihren Wagen haben wir beschlagnahmt und er wird bei der KTU weiter untersucht.

Aber den leider alles entscheidende Hinweis liefern sie selber!

„Was wollen sie damit sagen?"

„Ich selbst soll ihnen den letzten Beweis geliefert haben?"

„Das glauben sie doch wohl nicht selbst."

„Doch, dies ist leider so!"

„Wissen sie was, sie wollen mich doch nur verunsichern, damit ich mich selbst belaste."

„Aber darauf sollten sie sich nicht verlassen."

„Ich ihnen helfen?"

„Was glauben sie eigentlich wer ich bin?"

„Nun, Herr Petermanns, als Autofahrer sollten sie wissen, dass man sich an Regularien im Straßenverkehr halten soll, sonst kann es passieren, dass man...!

Und sie hat man...! Leider...!

„Dabei erwischt, wie sie zu schnell unterwegs waren!"

„So haben sie uns den letzten und besten Beweis geliefert, dass sie in Südtirol waren."

„Was wollen sie mir hier unterstellen?"

„Das ist ja unglaublich!"

„Ja, eine bodenlose Frechheit!"

„Einfach unglaublich, was für Lügen sie hier auftischen!"

163

„Dafür werde ich sie belangen!"

„Nein, das ist nicht unglaublich, sondern die ganze, brutale Realität. Sie wurden auf dem Weg nach Brixen in der Baustelle mit einer zu hohen Geschwindigkeit geblitzt.

Meine Kollegen aus Südtirol haben von ihnen ein herrliches Foto mit der genauen Uhrzeit, dem Tag und der gemessenen Geschwindigkeit in ihren Unterlagen."

„Sie können mir erzählen was sie wollen, dass sind keine Beweise für mich!"

„Jetzt sagen sie auch mal ein Wort, Herr Anwalt! Wofür sind sie eigentlich hier?"

„Stellen sie umgehend fest, dass diese Aufnahmen reine Fake` s sind."

„Wofür bezahle ich sie eigentlich?"

„Darf ich jetzt fortfahren, Herr Petermanns?"

„Was haben sie denn noch?"

„Ich möchte endlich nach Hause, denn einen solchen Blödsinn möchte ich mir nicht noch länger anhören!"

„Wie ich gerade sehen kann, gibt es noch eine zweite Aufnahme, ebenso so gut wie die erste, wo sie auf der Rückfahrt in der gleichen Baustelle erneut die Blitzanlage ausgelöst haben.

So haben wir den lückenlosen Beweis, dass sie zur Tatzeit in Elvas waren.

Ferner haben wir Spuren ihrer Kleidung in dem Wohnhaus in Evas gefunden und sichergestellt.

Damit steht eindeutig fest, dass sie der Mörder der Eheleute Castello und deren Eltern sind.

„Also das ist ja unglaublich, was sie mir hier unterstellen, eine regelrechte Frechheit!"

„Nun an ihrer Stelle wäre es jetzt der Zeitpunkt ein Geständnis abzulegen, denn die Anklage wird über einen fünffachen Mord lauten.
Die Beweise sind mehr als erdrückend und eine lebenslange Haftstrafe ist ihnen bereits jetzt schon sicher."

Außerdem haben wir hier im Präsidium auch ihre Eltern, die hier im Verhör sitzen.

„Wieso das?"

„Nun, so wie es aussieht, werden sie wegen Beihilfe drankommen, was mit Sicherheit so zwischen 10 und 15 Jahren ausmachen wird."

„Ich werde jetzt mal in den anderen Verhör-Raum gehen, zu meinen Kollegen, um mal sehen, wie weit man dort ist."

Verblüfft fiel Petermanns auf seinen Stuhl und rang nach Luft.

Nach 15 Minuten kam Kommissar Schöne wieder zurück und hatte ein paar schriftliche Unterlagen mitgebracht.

„Herr Petermanns, wissen sie was ich hier habe?"

„Woher soll ich das wissen, ich bin doch nicht in einer Rate-Stunde?"

„Nun, vielleicht werden sie jetzt bereit sein, uns zu erzählen, was mit der Familie Castello passiert ist.
Denn ich habe hier das Geständnis ihrer Eltern!"

„Sie haben alles gestanden, was sie wussten und dies war nicht gerade wenig.
Sie konnten nicht mehr länger mit dem Wissen und der Schmach leben, dass ihr geliebter Sohn ein mehrfacher Mörder ist."
„Sie wollen mich doch nur bluffen, damit ich ihnen ein Geständnis gebe. Aber darauf können sie lange warten. Sie können mir rein gar nichts beweisen."

„Also, lassen mich endlich nach Hause gehen."

„Wann sie wieder nach Hause kommen werden, wird der Richter entscheiden. So wie es jetzt aussieht, dürften sie dies nicht mehr erleben!"

Es wird einen Haftbefehl geben und sie bleiben bis zur Gerichtsverhandlung in Haft.

„Meine Südtiroler Kollegen würden sie auch gerne in Südtirol vor Gericht stellen, wegen zweifachen Mordes, was so oder so für sie lebenslänglich bedeuten würde.

Dabei ist nur noch die Frage offen, in welchem Zuchthaus sie dann einsitzen werden."

„In Tirol oder in Sizilien?"

„Und beide sind mit Sicherheit nicht so kommod wie unsere hiesigen Gefängnisse."

„Aber dies werden letztendlich die Gerichte entscheiden wo sie verurteilt werden. Auf jeden Fall werden sie wegen fünffachen Mordes zur Rechenschaft gezogen."

Aussage der Eltern

„Damit sie wissen, was ihre Eltern ausgesagt haben, was sie seit über drei Jahren stark belastet hatte und sie, nur ihrem Sohn zuliebe, geschwiegen haben, obwohl sie mehrfach befragt worden sind. Hätten sie etwas gesagt, hätte es die beiden Morde in Elvas nicht gegeben. Aber so haben sie sich schuldig der Beihilfe zum Mord gemacht. Eine schwere, sehr schwere Last für ihre Eltern, die sich eigentlich nie etwas in ihrem Leben zu schulden kommen haben lassen!" Sie sind fast daran nervlich zu Grunde gegangen! Sie waren froh, jetzt endlich ihr Gewissen zu erleichtern!"

„Aber nun will ich Ihnen erzählen, wie es zu den Morden gekommen ist:

Als die Familie Castello zum ersten Mal auf ihren Hof gekommen ist, um nach Arbeit zu fragen, ist ihnen die Schönheit der Frau Castello aufgefallen.

Wenn ich die Bilder von ihr sehe, dann kann ich dies nur bestätigen.
Sie versuchten ihr nachzustellen , was sie ihnen aber verbot. Trotzdem gaben sie nicht auf, zumal sie ja auf dem Hof und im Haus arbeitete, während ihr Mann auf den Feldern seinen Mann stand.

So hatten sie scheinbar freie Bahn."

Es klopfte an der Türe des Verhör-Raumes.
Schulz öffnete die Türe und bekam eine Mappe herein gereicht.

Er las kurz über die Schriftstücke in der Mappe und reichte sie weiter an Schöne.
Schöne las ebenfalls kurz darin, legte sie zur Seite, nahm einen Schluck aus seiner Teetasse und ein Plätzchen, um in seinem Monolog fortzufahren.

„Also, sie nutzten jede Situation aus, um der jungen Frau nachzustellen. Trotz aller Gegenwehr ihrerseits ließen sie nicht nach. Ihre Übergriffe wurden immer heftiger und aggressiver.
Eines Tages, sie arbeitete vermutlich auf der Tenne, haben sie sie von hinten angegriffen und sie vergewaltigt. Dabei verlor sie vermutlich ihren Ehering, den ich dann auf der Tenne in einer Spalte, wo er eingeklemmt war, gefunden habe und ebenso die kleinen Stoffreste, die vermutlich beim Kampf dort zurückblieben.

Danach haben sie ihr vermutlich damit gedroht, wenn sie ihren Mund aufmacht, sie umzubringen.

Aber leider blieb die Vergewaltigung nicht ohne Folgen. Gerade habe ich die Nachricht erhalten, dass sie der Vater gewesen wären.

Vermutlich haben sie einen weiteren Versuch gemacht oder sie hat ihnen mitgeteilt, dass sie schwanger sei, was für sie ihr Todesurteil war.

Sie haben sie brutal mit einem harten Gegenstand erschlagen.

Ihre Leiche brachten sie auf ihr Feld im Herrenmoor und vergruben sie dort, bevor sie wieder zurück zur Tenne fuhren, um nicht aufzufallen.

Vermutlich kam ihr Mann zufällig vorbei und fragte nach seiner Frau. Er muss gewusst haben, dass sie auf der Tenne arbeitete und wollte zur ihr hoch.

Dies konnten sie nicht zulassen und mussten auch ihn umbringen."

Ihre Eltern sagten hierzu folgendes aus:

Wir sahen, wie unser Sohn den Herrn Castello von hinten mit einem harten Knüppel niederschlug und er dann mit dem Kopf auf einen Stein aufschlug.

Er bewegte sich danach nicht mehr.

Da aber im Moment auf dem Hof recht viel Bewegung herrschte, es war zur Mittagszeit und alle kamen zum Mahl, konnte er die Leiche nur notdürftig mit einer Plane abdecken und ließ ihn dort einfach liegen, um ebenfalls zu Tisch zu gehen.

Gegen 13 h kam der Junge aus der Schule. Er aß ebenfalls zu Mittag. Danach machte er seine Hausaufgaben an einem Tisch im Gartenbereich.

Nach einiger Zeit stand er auf und suchte seine Mutter, die ja immer, wenn er aus der Schule kam, zu ihm kam und nach seinem Befinden fragte.

An diesem Tag geschah aber nichts dergleichen!

Er machte sich auf die Suche nach seiner Mutter.
Von seinem Vater wusste er ja, dass er auf irgendeinem Feld in der Umgebung arbeitete, während seine Mutter hier auf dem Hof tätig war.

Er suchte sie vergebens.

Nirgends konnte er sie finden.

Also suchte er weiter, bis er in die Scheune hineinkam.

Dort fiel ihm die Plane auf, die so eigentümlich auf dem Boden lag.

In der Zwischenzeit hatten alle anderen, nach dem gemeinsamen Mittagsessen, den Hof wieder verlassen und waren an ihre Arbeit auf den umliegenden Feldern gegangen.

Nur sie waren wieder zurück auf dem Hof gekommen, nachdem sie ihre Arbeiter mit dem Hänger auf die Felder gebracht hatten.

Dabei mussten sie den Sohn gesehen haben wie er in der Scheune langsam die Plane hochhob und seinen toten Vater dort liegen sah.

Der Junge starrte fassungslos auf seinen toten Vater.

Sie nahmen sich eine Mistgabel und gingen auf den Jungen los. Er bemerkte sie, konnte der Mistgabel gerade noch ausweichen und rannte in seiner Verzweiflung aus der Scheune heraus.

Sie hinterher.

Der Junge schrie.

Ihre Eltern schauten dabei aus dem Fenster zu. Taten aber nichts!

Sie sahen, wie sie sich auf den Traktor schwangen, ihn starteten und damit hinter dem Jungen herfuhren, während er um sein Leben lief. Der Junge hatte sich nach einem 50 m Lauf auf ein Feld geflüchtet, was sie aber nicht davon abhielt, den Weidezaun umzufahren und die Jagd auf den Jungen fortzusetzen.

Anschließend mussten ihre armen Eltern mitansehen, wie sie den Jungen einfach überfuhren. Er lebte noch! Sie kamen noch einmal zurück und sie fuhren nochmals über ihn hinweg. Scheinbar lebte er aber noch, denn sie nahmen dann die Mistgabel vom Hänger und rammten dem Jungen diese in die Brust hinein.

„Grausamer geht es kaum noch!"

Danach luden sie die Leiche des Jungen auf den Hänger und fuhren zur Scheune.

Hier luden sie die Leiche des Vaters ebenfalls auf den Hänger und fuhren in Richtung Herrenmoor.

Als sie zurückkamen, drohten sie ihren Eltern den Mund zu halten, denn keiner würde die Familie vermissen.

Außerdem seien sie ja nur Ausländer gewesen und da sei ein Verlust ja nicht so wild.

Ihre Eltern schwiegen aus Angst vor ihnen, denn ihre Drohungen waren ja sehr massiv

Als dann im Gebiet des Herrenmoores Pläne für eine Windkraftanlage bekannt wurden, waren sie derjenige gewesen, der vehement gegen den Bau dieser Anlage war.

Sie wussten zwar, wo sie ungefähr die Leichen der Familie Castello vergraben hatten, aber bis zuletzt hatten sie gehofft, dass man die Leichen nicht finden würde, trotz der Baumaßnahme.

Aber, wie es der Zufall wollte, wurden sie dann doch noch gefunden.

Ihre Nachbarn hatten sie ganz gut in Griff gehabt, denn keiner sagte etwas zu der Familie aus, obwohl der Vater auch für den einen oder anderen Betrieb gearbeitet hatte.

So wurden unsere Nachforschungen behindert.

Aber das hielt uns nicht ab, weitere Nachforschungen anzustellen und wir hatten das Glück, weitere Spuren der Familie zu finden.
In ihren alten Unterlagen fand sich auch die Adresse in Tirol von der Familie Castello.

Auch dies sagten ihre Eltern aus, dass sie wie ein Wilder in den Unterlagen nach der Adresse gesucht hatten.

Nach drei Tagen vergeblichen Suchen, fanden sie endlich die Adresse.

Sie wussten, dass Herr Castello sehr genau und sehr gewissenhaft war und mit Sicherheit irgendwelche Aufzeichnungen gemacht hatte, die sie verraten konnten. Also mussten sie die Beweise unbedingt haben und vernichten.

Daher führen sie nach Elvas!

Leider hatten sie Pech, dass wir einen Tag vor ihnen dort waren und interessante Unterlagen gefunden hatten.
Nach diesen Unterlagen wussten wir, wo Herr Castello und seine Frau gearbeitet hatte. So kamen nur noch drei Betriebe in Frage und einer davon war ihr Betrieb.

„Um keine Zeugen zu haben, haben sie die beiden alten Leute, die ihnen wirklich nichts getan hatten, kaltblütig ermordet.

„Leider waren sie Herr Petermanns, an dem Tag, als wir sie in dem kleinen Lokal festsetzen mussten, nicht gerade freundlich zu ihrer Umwelt.
Dabei kamen sie auch mir in die Quere, was dann in ihrer Festnahme endete.

So kamen wir auf ihre Spur!

Alles andere war dann reine Routine.

Dank der sehr guten Arbeit meiner italienischen Kollegen konnten wir alle Nachweise finden, die sie des fünffachen Mordes überführten.
Auch dank der Aussage ihrer Eltern.

„Meine Eltern sind dreckige Lügner, nur um ihre eigene, erbärmliche Haut zu retten haben die Beiden ihre falschen Aussagen gemacht.

Und diesen miesen Lügnern wollen sie glauben?"

Nach diesem Satz, stand der Anwalt erregt auf und sagte folgendes zu seinem Mandanten:

„Herr Petermanns, ich bin erschüttert und auch enttäuscht von ihnen, was sie sich hier geleistet haben. Ich habe sie oft aus manch schwierigen Lage herausgeholt, aber aus dieser Lage, werde ich sie nicht mehr herausholen können. Ich lege hiermit mein Mandat nieder. Suchen sie sich einen neuen Anwalt, aber vergessen sie nicht, ihm die Wahrheit zu sagen, denn die Beweise, die von den Beamten hier vorgelegt worden sind, sind so klar und eindeutig, dass ein Richter keine andere Wahl hat, sie wegen des fünffachen Mordes anzuklagen und zu verurteilen.

Da wird und kann ihnen keiner mehr helfen!"

Der Anwalt verabschiedete sich von den Beamten und verließ wortlos den Verhör-Raum.

Herr Petermanns schaute dem Anwalt verdutzt nach. Er wollte ihm noch etwas nachrufen, aber seine Stimme versagte.

„Ja, ihr Anwalt hat Recht, die Beweise sind mehr als eindeutig, ihnen die Morde nachzuweisen. Die Aussagen ihrer Eltern, die sie unabhängig von einander gemacht haben, bestätigen nur unsere Ermittlungen."

„Herr Petermanns, der zuständige Staatsanwalt hat ihren Haftbefehl schon ausgestellt."

„Abführen!"

Zum ersten Mal blieb Herr Petermanns ohne Worte und Kommentar.

„Meine Herren, damit schließen wir für heute das Verhör und können den Fall zu den Akten legen, dank auch unseren Kollegen aus Brixen.

„Was halten sie davon meine Herren, wenn ich sie heute Abend alle zum Essen einlade," sagte Schöne?

„Dies lassen wir uns nicht zweimal sagen!"

„Dann fahren wir in einer halben Stunde los!"

„Wir sind dann fertig!"

Schlusswort

Der Prozess gegen Petermanns fand ein Jahr später statt und man verurteilte ihn zu einer lebenslangen Haft, mit anschließender Sicherheitsverwahrung.

Seine Eltern wurden wegen Beihilfe zum Mord und unterlassener Hilfeleistung zu jeweils 10 Jahren Haft verurteilt.

Damit fand dieser ungewöhnliche Fall sein Ende.

Das Autorenteam

Dies ist bereits das achte Buch, welches wir gemeinsam gestaltet haben und der dritte Krimi, der in unserer neuen Heimat in Friesland spielt.

Angefangen hat alles vor rund neun Jahren mit meinem ersten Buch, welches Geschichten über meine Zeit als Strohwitwer erzählt:

Das Leben und Wirken des Strohwitwers Fritz
ISBN: 978 3911 1758070

In diesem Buch erzähle ich aus meiner Zeit als Strohwitwer. Wie es dazu kam? Meine erste Frau Maria lag damals, nach einem schweren Unfall, den sie auf dem Weg zur ihrer Arbeit erlitten hatte, in zahlreichen REHA-Kliniken und um sie etwas aufzumuntern, schrieb ich ihr zahlreiche Kurzgeschichten, die in diesem Buch ihren Niederschlag fanden.

Plötzlich allein... wie soll ich leben ohne dich?
ISBN: 978 3939 241068

Drei Jahre nach ihrem Tod, ausgelöst durch den schweren Unfall, schrieb ich dieses Buch, in dem ich niederschrieb was mich damals bewegte.
Es wurde mittlerweile für viele eine kleine Hilfe in der Trauer.

Sex... kann so schön sein... man muss ihn nur haben!
ISBN: 978 3939 241019

In einer lauen Sommernacht kamen einige „ältere Ehepaare" zusammen und irgendwann, nach einigen Gläsern, wurden nach Mitternacht „kleine Geschichten" erzählt, die ich neugierig aufschnappte und niederschrieb.

Kolvensbachs Pitter... und sein leidvoller Ehealltag.

ISBN: 978 3939 24169

Ein lieber Freund von uns wollte auf seine alten Tage heiraten. Seine Auserwählte war recht kräftig, um es mal zart auszudrücken, denn unser Freund war eher klein und schmächtig.
So stand er etwas auf verlorenen Posten. Aber alle Warnungen schlug unser Freund Pitter aus. So mussten wir ihn oft aus der Bredouille helfen, was gar nicht so einfach war.

Dann folgten die ersten beiden Katzenbücher, an denen wir gemeinsam gearbeitet haben.
Ich schrieb die Texte und meine Frau machte die Zeichnungen.

Mein Name ist Jacey, die Hauskatze.
ISBN: 978 3944 028224

In diesem ersten Buch erzählt unsere Diva Jacey aus ihrem Leben bei uns, um es genauer zu sagen: von ihrer Dienerschaft und von ihren kleinen Abenteuern, die sie im Hause bei uns erleben konnte.

Rusty, packt aus...
ISBN: 978 3981 1709223

Natürlich musste unsere zweite Katze, die ebenfalls in unserem Haushalt lebte und keine Diva war, wie ihre Mitbewohnerin Jacey, sondern eine ganz normale Katze vom Lande war, ebenfalls ein Buch schreiben.
Dabei galt es einige der Ausführungen richtigzustellen, die ihre Mitbewohnerin Jacey in ihrem Buch niedergeschrieben hatte und nicht ganz der Wahrheit entsprachen.
Dazu kamen noch einige Geschichten aus ihrem Leben, die sie bei uns erleben durfte.

Bei einem gemeinsamen Urlaub auf der schönen ostfriesischen Insel Baltrum, hatte ich die Idee für einen Krimi, der sich hier auf der Insel abspielen sollte. Dabei entstand die Figur des Kommissar Klaus Schöne.

Kommissar a. D. Klaus Schöne Aktenzeichen 2609
Ein ungeklärter Mord auf Baltrum
ISBN: 978 3741 288135

Kommissar Schöne macht Urlaub auf Baltrum, nachdem er in den Ruhestand versetzt worden war.
Dort stößt er zufällig auf einen Zeitungsartikel, der über einen ungeklärten Mord berichtet, der vor 20 Jahren hier auf der Insel begangen wurde.

Seine Neugier wurde geweckt!

Liebe zwischen Lee und Luv
ISBN: 978 3744 803607

Eine Liebesgeschichte mit einem realen Hintergrund, die sich im Norden am Wattenmeer abgespielt und von einem nicht mehr so jungen Paar handelt, welches einen Neuanfang wagt.

Das Leben des PeterBork
ISBN: 978 3744 829366

In diesem Buch wird über den Aufstieg und Fall eines erfolgreichen Vertriebsmitarbeiter berichtet.
Kein Einzelfall – sondern eine bedauerliche Realität.

Nachdem mein erster Krimi einen guten Anklang fand, blieb es nicht aus, eine Fortsetzung zu schreiben.

Kommissar a. D. Klaus Schöne   Aktenzeichen 1510
Leichenfund in einer Friedeburger Kiesgrube
ISBN: 978 3741 281082

Ein neuer verzwickter Fall für unseren pensionierten Kommissar, der jetzt als ZBV (zur besonderen Verwendung) arbeitet.
Gemeinsam mit Kommissar Schulz versuchen sie diesen ominösen Fall zu lösen.
Eine Spur führt Schulz bis nach Portugal.

Plötzlich allein... aber das Leben geht weiter!
ISBN: 978 3746 034393

Zehn Jahre nach dem Tod meiner ersten Frau Maria beschreibe ich in diesem Buch all die vielen Facetten, die der Alltag mit sich bringt. Aber auch mit seinen Fragen, die das Leben einem stellt, wenn man plötzlich alleine ist.

Gleichzeitig wird die Zeit des Aufbruches beschrieben, den Beginn eines Neuanfangs, ohne dabei die Erinnerung an das Vergangene zu vergessen.

Gamaschen – Fynn... ein Kater erzählt.

ISBN: 978 3748 151944

In diesem neuen Buch erzähle ich die Geschichte eines Katers, der sich uns als seine neue Dienerschaft ausgesucht hatte, nachdem er sein geliebtes Heim, sein Frauchen von heute auf morgen verloren hatte und auf der Straße leben musste und nun froh war, noch einmal ein schönes Heim zu finden.

Weitere Texte von mir finden sie in den nachstehenden Anthologien:

Dt. Literaturgesellschaft
Gedichte, die die Zeit überstehen:

Erinnerungen
Liebe
Weihnachten

Aug. v. Goethe-Verlag
Glücklich allein ist die Seele, die liebt:

Der Hochzeitstag
Mein geliebter Schatz
Wehmut

Zwiebelzwerg – Verlag
Keinen Ausblick mehr mit dir

Der Talisman
Mein geliebter Schatz II